光文社文庫

長編時代小説

故《さ》郷《と》がえり

研ぎ師人情始末㈤

決定版

稲葉　稔

光　文　社

※本書は、二〇一一年一月に光文社文庫より刊行した作品を、文字を大きくしたうえでさらに著者が加筆修正したものです。

目次

尾張殿
早稲田村
江戸川
音羽
護国寺
至板橋宿
江戸川橋
大塚
巣鴨
赤城明神
御納戸町
石切橋
神楽坂
若宮八幡宮
切支丹坂
御薬園
日光御成街道
中山道
小日向馬場
牛込御門
番町
傳通院
小石川
白山
神明宮
田安御門
清水御門
小石川御門
水戸徳川家
駒込
春日町
水道橋
千駄木
神田川
本郷
根津権現
道灌山
霊雲寺
池之端七間町
根津門前町
根津宮永町
日暮里
福成寺
池之端仲町
神田明神
湯島天神
湯島切通町
不忍池
鍛冶町
昌平橋
明神下
筋違御門
弁天
仁王門前町
上野元黒門町
下谷広小路
寛永寺
東叡山
根岸
谷中
内神田
和泉橋
外神田
佐久間河岸
神田佐久間町
御徒町
下谷金杉町
豊島町
新シ橋
向柳原
下谷山崎町
通塩町
柳原土手
左衛門河岸
三味線堀
広徳寺
右衛門町
平右衛門町
下谷竜泉寺町
幡随院
同朋町
横山町
両国広小路
元鳥越町
猿屋町
甚内橋
浅草橋
茅町
米沢町
両国橋
柳橋
阿部川町
新吉原
御蔵前片町代地
新堀川
日本堤
尾上町
駒留橋
大川
旅籠町
東本願寺
回向院
御米蔵
御蔵前
御蔵前通り
浅草寺
日光道中
一ツ目之橋
首尾の松
浅草広小路
奥山
浅草
小塚原
亀沢町
御竹蔵
御厩河岸之渡し
浅草観音
山谷町
二ツ目之橋
駒形町
雷門
新鳥越橋
山谷堀
緑町
駒形堂
浅草
花川戸町
揚場
本所
南割下水
竹町之渡し
吾妻橋
今戸橋
今戸町
白鬚之渡し
竹町
中之郷
瓦町
源森橋
北割下水
中之郷八軒町
源森川
三囲稲荷
向島墨堤
長命寺
木母寺
三ツ目之橋
小梅村
寺島村
大横川
法恩寺橋
業平橋
亀戸村
小梅村
四ツ目之橋
押上村
天神橋
十間川
柳島村
亀戸天神

渋谷川
天現寺
今井谷
元赤坂町
四谷御門
伝馬町
平河町
六本木
赤坂
麻布新町
善福寺
氷川明神
四ノ橋
仙台坂
古川町
新網町
飯倉片町
市兵衛町
赤坂御門
麹町
溜池
三ノ橋
二ノ橋
一ノ橋
中之橋
千鳥ヶ淵
芝車町
三田町
赤羽橋
虎之御門
半蔵御門
西之御丸
至品川宿
増上寺
新シ橋
外桜田御門
雉子橋御門
一橋御門
江戸城
和田倉御門
南町奉行所
幸橋
土橋
金杉橋
芝
数寄屋橋御門
北町奉行所
神田橋御門
汐留橋
呉服橋御門
常盤橋御門
三十間堀
銀座町
金杉川
濱御殿
木挽町
数寄屋町
竜閑橋
京橋
一石橋
本石町
今川橋
西本願寺
本材木町
室町
白魚橋
日本橋
大伝馬町
魚河岸
楓川
八丁堀
弾正橋
江戸橋
荒布橋
中之橋
組屋敷
亀島橋
海賊橋
照降町
小網町
日本橋川
葺屋町
新材木町
新和泉町
中之橋
霊岸橋
住吉町
竈河岸
高砂町
稲荷橋
亀島川
一ノ橋
新川
箱崎橋
難波町
鉄炮洲
高橋
北新堀町
行徳河岸
高砂橋
佃島
石川島
霊岸島
二ノ橋
霊岸島銀町
船番所
箱崎町
箱崎川
浜町堀
大川端
永久橋
熊井町
永代橋
佐賀町
万年橋
新大橋
江戸湊
今川町
上之橋
大島町
黒江町
緑橋
万年町
油堀
六間堀
弥勒寺
材木町
海辺大工町
永代寺
富岡橋
弥勒寺橋
仙台堀
海辺橋
高橋
越中島
蓬莱橋
富岡八幡宮
北森下町
深川元町
霊巌寺
小名木川
三十三間堂
亀久橋
雲光院
深川
洲崎
新高橋
扇橋
猿江橋
西
北
東
南
0
1km
御材木蔵
猿江町

「故郷《さと》がえり　研ぎ師人情始末（十五）」　おもな登場人物

荒金菊之助……高砂町源助店に住む研ぎ師。父親は八王子千人同心だった。
横山秀蔵……南町奉行所臨時廻り同心。菊之助の従兄弟。
五郎七……横山秀蔵の配下。
寛二郎……横山秀蔵の配下。
甚太郎……横山秀蔵の配下。
次郎……菊之助と同じ長屋に住む箒売り。横山秀蔵の配下。
志津……菊之助の女房。
吉松……横山秀蔵から手札を預かる岡っ引き。
春日徳右衛門……御家人だったが、商人に転じた。
みどり……徳右衛門の妻。
澤田周次郎……徳右衛門の友人。
黒沼精一郎……八王子にある藤原道場の師範代。菊之助の旧友。

故郷《さと》がえり——〈研ぎ師人情始末〉㈤

第一章　絵師

一

　ジャリッと、音がした。
　南町奉行所臨時廻《りんじまわ》り同心《どうしん》・横山秀蔵《よこやまひでぞう》は、足許《あしもと》を見た。
　霜柱を踏みつけていた。日当たりの悪いところなので、溶けていないのだ。
　そこは、両国《りょうごく》西広小路にある芝居小屋の軒下だった。
　秀蔵は唇をクッと、引き結んだ。
　風が冷たい。手をすりあわせて、息を吹きかける。息は白くなった。
　まだ広小路のにぎわいはない。ところどころに青物市《あおものいち》が立っているぐらいだ。
　しかし、昼を過ぎると様相が一変する。何しろ江戸一番の繁華をほこる遊び場である。

百日芝居《ひやくにち》、女芝居、軽業《かるわざ》、占い、寄席《よせ》、茶屋、料理屋、菓子屋、土産物屋《みやげもの》などが軒《のき》をつらねる。時分どきになると、土場芸人《どば》がどこからともなく現れてくる。

お上《のぼ》りの婆などは、目をきょろきょろさせる。江戸に来たばかりの勤番侍《きんばんざむらい》も、ものめずらしそうな顔で視線が落ち着かない。

そんな雑踏《ざっとう》を我が物顔で歩くのは、土地で顔を利かせている勇《いさ》み肌の男たちと、相撲取りぐらいだろう。

しかし、まだその刻限ではない。

広小路は閑散としている。茶屋も料理屋ものろのろと開店の支度をしているぐらいだし、芝居小屋もまだ木戸を開けていなかった。

秀蔵は高い空を見あげた。

まっ青だ。

雲ひとつない。鳶《とび》が風に吹かれて漂っている。

(野郎、どこにしけ込んでやがる……)

秀蔵は目を厳しくして、広小路に視線を這《は》わせる。小者《こもの》も中間《ちゅうげん》も連れていなかった。今朝は単独行である。

追っているのは、今年の初め、小網町《こあみちょう》にある〈竹屋《たけ》〉という小料理屋に押し入り、主《あるじ》夫婦と娘を惨殺して逃げた男だった。

名を〝野火《のび》の新五郎《しんごろう》〟といった。博徒《ばくと》崩れである。さらに元は侍だったという。

事件が発覚してから、下手人のことはまったくわからなかった。

手掛かりもないので、流しの押し込みだったのではないかと、判断するしかなく、町奉行所は早々と捜索を打ち切っていた。

その際、担当していたのが秀蔵だったのである。

ところが、悪業というのは、隠しとおせるものではない。

それは昨夜のことだった——。

秀蔵は甘党ではあるが、ときにひとりで酒をたしなむことがある。

昨日は帰宅後、楽な着物を着流し、刀も持たずにぶらりと新川《しんかわ》に足を運んだ。

入ったのは長崎町《ながさきちょう》二丁目にある〈笹子《ささご》〉という店だった。

店構えも佇《たたず》まいも新しい。毎日のように見廻りに出ている秀蔵も、その店には気づいていなかった。ひやかし半分に入り、隅の小上がりで天麩羅《てんぷら》を肴《さかな》に熱燗《あつかん》をちびちびと、まさに舐めるように飲んでいたのだが、隣で飲んでいた男が何食わぬ顔で勘定を払わずに店を出ていった。

店主もすぐには気づかなかったが、

「やられた！　飲み逃げだ」

と、しばらくして血相《けっそう》を変え表に飛び出した。

秀蔵は逃げた男の顔をよく覚えていたし、役目柄放っておくわけにはいかない。店主に自分の身を明かし、早速逃げた男を捜した。

すると、男は湊橋《みなと》のたもとにある屋台で、うどんをすすっていた。

秀蔵は横に並び、

「酒のあとの熱いうどんはうまかろう」

と、話しかけてやった。

「ああ、何ともいえねえや」

男はズルズルとつゆをすすったが、はたと秀蔵に気づいたらしく、目をみはった。そのとき、秀蔵は逃げられないように、男の帯をつかんでいた。

「なにを驚いてやがる。顔色が悪いぜ。ちょいとさっきの店に戻ろうか」

おとなしく引っ張っていこうとしたが、男が抵抗したので、足払いをかけて倒し、

「南番所《みなみばんしょ》の横山秀蔵だ。町方《まちかた》の隣で飲み逃げするとは、おめえも運のいい野郎

だ」

と、冗談交じりにいってやった。

男はそれだけでふるえあがり、堪忍《かんにん》してくれと泣き言をいった。しかし、秀蔵は飲み逃げの手際《てぎわ》のよさを見ており、初犯でないと気づいていた。

まずは笹子という店に戻り、勘定を払わせたが、何と財布には十両近い金があった。

（これはおかしい……）

秀蔵がそう思ったのは、町奉行所同心としての勘だった。

早速、近くの自身番《じしんばん》に押し込んで訊問《じんもん》をはじめた。

男の名は彦三《ひこぞう》といい、厳しく金の出所を訊問してゆくが、

「旦那、堪忍してください。飲み逃げしたのは初めてのことなんです。何をやってもうまくいかねえので、魔が差しただけです」

どうにかして目こぼしを受けようとする。

「おれが聞いてるのはそんなことじゃねえ。この金をどうやって作ったかと聞いてるんだ」

「だから博奕《ばくち》で勝ったといってるでしょう。本所《ほんじょ》の田代《たしろ》という旗本《はたもと》の中間部屋で、

大勝ちしたんです。ほんとです」

　秀蔵はじっと彦三をにらんだ。

「……食えねえ野郎だな、てめえは。飲み逃げ食い逃げの他になにをやった？　かっぱらいか。それとも、こそ泥を重ねてやがるか」

「そんなことは決して……」

　彦三は嘘泣きをして許してもらおうとする。秀蔵はますますあやしいと思った。もっとも、飲み逃げの金額は五百文《もん》程度だったたし、それも返したので、叱り飛ばして放免《ほうめん》してもよかったが、どうにも解《げ》せないものがあった。

「それなら明日、おめえの言う旗本屋敷を訪ねてたしかめようじゃねえか。だが、今晩はここに泊まってもらうぜ。明日は大番屋《おおばんや》で他の同心たちにも面通しをさせる。おれの知らねえところで悪さしてるかもしれねえからな」

　とたんに、彦三は慌《あわ》てはじめた。

「旦那、勘弁です。もう二度とあんな真似はしませんから、どうか、どうか許してください。家には死にそうな女房がいるんです。早く帰ってやらないと、ほんとに死んじまうかもしれません」

「あきれたやつだ。今度は死にそうな女房がいるだと……。それなのに、てめえは飲み食いの金を踏み倒し、のうのうとうどんをすっていた。どうやらてめえは、口から先に生まれて来たようだな。とにかく詳しい調べは明日だ」

そういって秀蔵が腰をあげようとすると、

「旦那。それじゃ、殺しの下手人を教えます」

と、彦三は必死の目を向けてくる。

「なんだと……」

「竹屋を襲った男を知ってんです。あっしはあのとき、見張りに立っていたんです。まさかあんなことになるとは思わなかったんで、表で見張っていただけなんですが……」

「竹屋……」

秀蔵はすぐには思いだせなかった。

「小網町にある竹屋って小料理屋に賊が入ったことがあるでしょう」

彦三がそういったので、秀蔵は大きく目を見開いた。

「ほんとか……」

彦三は、竹屋に押し入り主夫婦と娘を殺し、六十両の金を盗んだのは、野火の新五郎だといった。そして、新五郎が店に入って出てくるまで、表で見張り番をしていたのが自分だというのである。

「あっしは、まさか新五郎さんが殺しをやるとは思わなかったんです。竹屋に話があるが、邪魔がはいると面倒なので、見張りをしてくれと。あっしは頼まれただけなんです」

「おい、いまいったことに嘘はねえだろうな」

「嘘なんていいません。ほんとです。ですから旦那、今夜のことは……」

彦三は拝むように手を合わせて許しを請う。

「その野火の新五郎ってやつはどこにいる?」

「わかりません。ですが、知っている人がいます」

「誰だ?」

「両国で青物市を仕切っている平次《へいじ》って人です。平次さんなら新五郎さんの居所を知っているはずです」

二

秀蔵が朝早くに、それも手先として使っている小者も連れずに両国へやってきたのには、そんな経緯《いきさつ》があったのである。

まだ広小路は閑散としている。青物市に客が集まっているくらいだ。あとは馬を引く馬子《まご》や、空《から》の大八車《だいはちぐるま》が車輪の音をひびかせて通っていた。

広小路にうっすらとたなびいていた靄《もや》は日が高くなると消え去り、代わりに風が出てきた。しまわれていない幟《のぼり》がはためき、土埃《つちぼこり》が立った。

一匹の痩《や》せ犬が路地から現れ、吉川町《よしかわちょう》の町屋《まちや》に消えていったとき、青物市にひとりの男が姿を見せた。

昨夜、彦三が口にした平次という男に似ている。

――背は高いほうです。縞木綿《しまもめん》ばかり着ている人で、刀を差しています。鷲鼻《わしばな》で色が黒く、耳がやけに大きいから会えばわかりますよ。

彦三はそういった。

秀蔵はしばらく様子を窺《うかが》った。

青物市に現れた男は、背が高く一本差しだ。遠目だから人相はわからないが、着物は縦縞である。

男は市場をまわりながら、にわか見世《みせ》を出している者たちから金を受け取っていた。「みかじめ」あるいは「ショバ代」なのだろう。

集金を終えた男はそのまま両国橋に足を向けた。秀蔵はあとを追った。男は悠々と歩いている。

両国橋の上に来ると、寒風が強くなった。秀蔵は肩をすぼめながらも、男の背中から視線を離さない。橋を渡り終えたところで、一気に距離を詰めた。

「よう」

声をかけると、男が振り返った。

鷲鼻である。耳も大きい。

「おまえさん、平次って名じゃねえか」

呼びかけたとたん、平次が駆けだした。

秀蔵は町奉行所同心が結う小銀杏《こいちょう》の髷《まげ》であるし、三紋《みつもん》付きの巻《ま》き羽織《ばおり》である。ひと目見ただけで町奉行所同心だとわかる。

秀蔵は平次を追いかけた。逃げるのは、後ろめたいことがあるからにほかならない。

「待ちやがれッ」

秀蔵が声をかけるが、平次は必死に逃げる。

秀蔵は着物の身幅を狭くしているので、裾が大きく割れる。羽織が風に翻《ひるがえ》る。

平次はすぐに息が切れたらしく、回向院《えこういん》北側の通りに出たところで、腰の刀を抜いて立ち止まった。

「なんで逃げやがる」

秀蔵は息を整えながらゆっくり近づいた。間合い二間《けん》（約三・六メートル）になったところで、刀の柄《つか》に手を添える。双眸《そうぼう》は平次を見据えたままだ。

「町方を見て逃げだすとは、何かやましいことをしてるってことだな」

「そうじゃねえ」

平次は腰を落として青眼《せいがん》に構えた。

「だったら逃げることァねえだろう」

「……何の用だ？」

「聞きてえことがあるんだ」

「なんだ」

「野火の新五郎という男のことを知りたい」

平次の眉が大きく動いた。

「やつに会いたい。どこにいる？」

「知らねえ」

「いや、おまえは知っているという面《つら》をしてる」

一歩詰め寄ったとき、いきなり平次が斬りかかってきた。秀蔵は鞘走《さやばし》らせた刀で、躍りかかってくる平次の脇をすり抜けながら、相手の刀を打ち払った。転瞬《てんしゅん》、振り返るなり、刀の棟《むね》を返して、平次の肩にたたきつけた。

「あうっ……」

平次は撃ち叩かれた肩を押さえて、片膝をついた。すぐに体勢を整えようとしたが、喉元に秀蔵の刀がぴたりとつけられたので、そのまま地蔵のように固まった。

「おめえを捕まえようってんじゃねえ。おれが知りてえのは、野火の新五郎の居所だ。てめえは知ってる。……教えろ」

平次は、ハアハアと、荒い息をしながら視線を彷徨《さまよ》わせた。

「知らなきゃ、おめえのことを根掘り葉掘りほじくることになる。どうせ叩けば埃の出る体であろう。言え」

秀蔵は刀をすっと動かした。

平次の首に筋が引かれた。すぐにその筋が赤くなる。

「おめえを斬り捨てることなんざわけねえんだぜ。言い訳はどうとでもつく。現におめえは、おれに刀を抜いて歯向かってきた。町方に刀を向けりゃ、どんな言い訳も通じはしねえ。おめえを獄門にかけることもわけねえ」

「新五郎のことを聞いてどうする?」

「やつは人殺しだ。放っておけねえ。やつのことを隠し立てすれば、おめえも無事じゃすまねえ。人の金をかすり取っているおめえのことだ。御定書《おさだめがき》ぐらい知ってるはずだ」

「誰に新五郎のことを……」

「おれの耳にはいろんなことが入ってくる」

そう言うしかない。もし、彦三のことを口にすれば、のちのち彦三は無事ではすまないであろう。

「教えろ」

秀蔵は刀を持っている手に力を入れなおした。

木漏《こも》れ日《び》が秀蔵の紅潮した頬にあたっていた。

「言いますから、刀を下げてもらえますか」

秀蔵はゆっくり刀を手許に引きよせた。ふっと、平次が安堵《あんど》の吐息をつく。

「やつはどこだ?」

「江戸にゃいません。おそらく八王子《はちおうじ》で気ままに暮らしてるはずです」

「八王子だと……」

秀蔵は眉を動かし、涼しげな目を細めた。

三

「みどりさんはいい人ね。いい人が越してきてよかったわ」

「でも、ちょっと可哀相《かわいそう》じゃないかい。あんなに器量よしなのに、後家《ごけ》暮らしだなんてね。その気になりゃ、いくらでも男がつきそうなものなのに……」

「死んだ亭主に惚れているのさ」

「それじゃ、あっちのほうが……」

そこで、どっと笑いが起きた。

井戸端で洗濯をする女房たちは口さがない。

一月《ひとつき》ほど前、みどりという若い女が、ここ源助店《げんすけだな》に越してきた。亭主を送り出した女房たちは、そのみどりのことを話し合っているのだった。

荒金菊之助《あらがねきくのすけ》はそんな他愛《たわい》もない話を聞くともなしに聞きながら、仕事に精を出していた。めっきり冷え込みが厳しくなっており、仕事場は手焙《てあぶ》りだけが唯一の暖《だん》だった。

研《と》いでいる包丁は急ぎではなかったが、仕事を溜めるのは菊之助の性分《しょうぶん》に合わない。頼まれた仕事はさっさと片づけるにかぎる。

砥石《といし》に置いた出刃をゆっくり押し、ゆっくり引く。

（もう今年もあとわずかか……）

手を休ませず、そんなことを思う。

年のせいなのか、月日のたつのが早く感じられる。そうはいっても、まだ師走《しわす》になっているわけではない。月が変われば、世間はもっとせわしなくなるはずだ。

研ぎ終えた包丁の研ぎ汁を落とし、刃を洗い、顔の前にかざして、親指の腹で研ぎ具合をたしかめる。

よく鍛えてあるので、研げば研ぐほど味の出る包丁だった。

水気《みずけ》を拭《ふ》き取り、晒《さらし》で丹念に包んで脇に置く。

茶を淹《い》れようとしたが、湯がなくなっていた。軽く舌打ちして、腰をたたいて背伸びをした。

（家に帰って一休みするか）

そう思った菊之助は、そばにある半挿《はんぞう》や水盥《みずだらい》を脇にどけて立ちあがった。

仕事場は日当たりがよくないから冷え込みが厳しい。真冬になると、手がかじかみ、自然に体が縮こまってしまう。吐く息は白くなるし、瓶《かめ》の水も凍るほどだ。よくこんな家に何年も住んだと思うが、それは隣の住人も同じである。贅沢《ぜいたく》を言ったらきりがないと、自分を戒《いまし》めながら戸口を出た。

例によって脇にある看板を掛けなおす。風のいたずらなのか、すぐ斜めになるのだ。

看板にはこう書かれている。

「御研ぎ物」――と。

その脇に、「御槍　薙刀《なぎなた》　御腰の物御免蒙《こうむ》る」という添え書きがある。

字はかすれ、板も風雨にさらされ、それだけの年輪を醸《かも》しだしている。これは妻のお志津《しづ》が知り合った当初作ってくれたものだった。

看板をなおした菊之助は、長屋の屋根に切り取られた四角い空を見あげた。すっかり冬の空である。空気も凛《りん》としていて、皮膚が張りつめるのがわかる。

ひょいと肩を揺すって、半纏《はんてん》の襟《えり》を正した。

お志津と住んでいる家は、日当たりのよい南側筋にある。

「あれ、みどりさんじゃないか」

家の戸口を入ると、お志津とみどりが、居間で茶を飲んでいるところだった。

「お邪魔しております」

みどりは丁寧に頭を下げる。

「美味《おい》しいお団子をいただいたの。召しあがりますか」

お志津にいわれた菊之助は、女二人の膝許にある団子を眺めた。

「うまそうだな。馳走《ちそう》になろう」

菊之助があがり込むと、お志津が茶を淹れてくれた。

「一段落されたのでしょうか?」

みどりが顔を向けてきた。

見ようによっては気性の激しい目をしているが、小顔で目鼻立ちの整った美人である。黙っていると冷たい印象を受けるが、柔和《にゅうわ》な笑みがそれを消していた。

「急ぎの注文は入っていないので、のんびりです。……うむ、これはうまい。みどりさん、いつもすまないね」

「いえ、わたしもこの店のお団子が好きですから。それに、ひとりじゃ食べ切れませんし」

みどりが気に入っている団子屋は、芝居町の外れにある小さな店だった。市村《いちむら》座や中村《なかむら》座の役者連中にも人気があるという。

「みどりさん、お仕事をはじめられるそうなの」

お志津が茶の葉を入れ替えながらいう。

「へえ、何をなさるつもりで……」

「家を使ってちょっとした読み書きを教えようかと思っているのです。それをお志津さんにご相談してみると、以前にやっていらしたというので驚いていたのです。それでいろいろ教えていただいていたのですよ」

「それじゃ手習所《てならいじょ》を……。それはよいかもしれない。あなたのような若い人が遊んでいるのはもったいないと思っていたのだ」

「あら、わたしはいい人ができないかしらと思っていたのに……」

お志津が冗談ぽくいうと、みどりは照れたようにうつむいた。

「その気はないの？」

お志津は言葉を重ねる。

「夫を亡くして間もないですし、気持ちの整理もできていませんので……」

みどりは茶を口に運んだ。その顔がわずかに翳《かげ》った。

菊之助には何か悩み事を抱えているように思えた。

「ご亭主が亡くなられたのは半年前でしたな」

菊之助はさりげなく訊《たず》ねた。

「はい」

「あまり聞いてはいけないことかもしれないが、店をやっておられたんでしたね。どんな商売だったのです？」

「三味線《しゃみせん》屋です。麹町《こうじまち》に店はあったのですが……」

「あら、そうだったの」

驚いたように目をまるくしたのはお志津だった。自分も小唄《こうた》を教えているので、三味線はよく弾くのだという。

「ええ、知っておりました。それに、いい三味線をお持ちだと……」

みどりの目は、奥の寝間にある三味線に向けられていた。

女たちの話はとりとめなく、三味線の話に移っていった。

菊之助は入る余地がないので、

「みどりさん、ゆっくりしていってください。わたしは仕事があるので、これで……」

腰をあげた菊之助は、団子の礼をいって家を出た。

そのまま仕事場に向かったが、途中で足が止まった。ひとりの侍が、路地に佇んでいたのだ。それはみどりの家の前だった。侍は菊之助の視線に気づくと、顔をそむけ、そのまま逃げるように歩き去っていった。

「………」

菊之助は侍の後ろ姿を見送って小首をかしげた。

四

その日、菊之助は八本の包丁を研ぎ終え、そのうちの五本を取引先の店に届けに行き、新たな注文を受けてきた。

おおむね贔屓《ひいき》の店は決まっているし、もう気心も知れている。どの店の包丁をどのように研げばいいかもわかっていた。

包丁というものは使い手によって、微妙な癖が出るし、包丁の種類によっても刃の減り具合やこぼれが違う。

菊之助はそれを研ぐことで修正し、また切れ味をよくする。その腕は市中に知れわたっていて、とくに料理人の間ではつとに評判であった。遠く浅草《あさくさ》や深川《ふかがわ》あたりから、持ち込まれることもある。名の知れた料亭や高級料理店がほとんどだ。

その日は、小網町と小舟町《こぶなちょう》の店をまわり、堺町《さかいちょう》の芝居茶屋を最後に長屋に引き返した。すでに空は暮れかかっており、寒々しい雲の縁が紫色を帯びていた。

「よお、菊の字」

不意に声がかけられたのは、源助店のある高砂町《たかさごちょう》に入る手前だった。声とその調子で誰であるか、振り返らずとも菊之助にはわかる。

「今日はこっちの見廻りか？」

菊之助は顔を向けて秀蔵に聞いた。

「そういうわけじゃねえ。まあ、寒いからこっちに来な。おまえを待っていたんだ」

秀蔵はそういって、自分のいた菓子屋の暖簾《のれん》をくぐった。いつもなら手先として使っている小者がいっしょだが、今日はひとりだ。

菊之助は店に入って、緋毛氈《ひもうせん》の敷かれている床几《しょうぎ》に腰をおろした。秀蔵は同じ床几に腰掛け、茶を飲んでいた。

そばに置いてある小皿に羊羹《ようかん》があった。

「おれを待っていたといったが……」

菊之助は秀蔵と話すときは、言葉がぞんざいになる。幼馴染《おさなな じ》みの従兄弟《いとこ》同士ということもあるが、すっかり心を開ける相手なのだ。それは秀蔵も同じである。

秀蔵はゆっくり茶を飲んで、しばらく言葉を選ぶように考えていた。

店は静かである。他に客もいない。帳場《ちようば》に置かれた大きな火鉢のせいか、店のなかはほどよく暖かかった。

「おれの追っていた下手人が見つかりそうなんだ」

秀蔵は低声《こごえ》を漏らした。

「……それで」

「今年の正月のことだ。小網町に竹屋という小料理屋があった」

さっと、菊之助は秀蔵を見た。

何度か研ぎ仕事を頼まれたこともあるので、菊之助も知っていたし、店の主夫婦と娘が惨殺された事件も知っていた。

「あの下手人がわかったのか?」

「多分、おれの調べに間違いがなけりゃ捕まえられる。もう下手人はわからねえとあきらめかけていたんだが、ひょんなことで尻尾《しっぽ》をつかんだ」

秀蔵はそういって、昨夜からのことをかいつまんで話した。

「それじゃ、すぐにでも八王子に行かなきゃならないな」

「そうさ、行きたくてうずうずしているところだ。だが、身動きが取れねえ。おれは臨時廻りだ。朱引《しゅびき》内から外には出られねえ。隠密《おんみつ》廻りだったらよかったが……」

秀蔵は苦《にが》そうな顔をして茶を飲んだ。

町奉行所の管轄《かんかつ》は、基本的に江戸府内の墨引《すみびき》の内である。

その区域は、おおむね東は中川《なかがわ》、北は荒川《あらかわ》と石神井川《しゃくじいがわ》の下流、西は神田《かんだ》上水、南は目黒川《めぐろがわ》を境としていた。

よって、町奉行所の捕り方がその外で捜索をすることはできない。しかし、隠密廻りだけには特例があり、その限りではなかった。

「野火の新五郎って野郎をこのまま放っておくことはできねえ。やつは堅い商売を真面目《まじめ》にやっていた竹屋の夫婦と、嫁入り前の娘を殺した外道《げどう》だ。その目的は金だった」

「許せるやつじゃない」

事件を知ったとき、菊之助も下手人には憤《いきどお》りを覚えた。

竹屋の主も女将《おかみ》も愛想《あいそ》がよく、人がよかった。客だけでなく近所の者にも慕われていた夫婦だったし、娘も気立てがよかった。

「野火の新五郎は何がなんでもおれの手で押さえたい。だが、八王子まで出張《でば》ることができないんだ」

秀蔵は苦々しそうな顔を菊之助に向けた。

そこまでいわれれば、どんな者でも察しはつく。

「おまえは八王子生まれの八王子育ちだ。土地にも明るい。おれの代わりに行ってくれねえか」

秀蔵の目には必死の色がある。

「もっとも、八王子にいるとはかぎらないが、探ってもらいたい。やってくれないか」

菊之助は膝に両手を置いて、ふうと、息を吐いた。

「いやだとはいえないだろう。だが、今日の明日では困る。明後日《あさって》なら何とかなると思うが、それでよければ……」

「それでいい。次郎《じろう》を連れて行け」

秀蔵は遮《さえぎ》っていった。

「わかった」

「新五郎は元は侍だ。剣の腕もそれなりらしい。おまえのことだから心配はいらないだろうが、気をつけろ」

「八王子のどこで何をやっているのか、それはわかっていないのか？」

秀蔵は首を横に振った。

「そこまではわかっちゃいない。だが、外道のことだ。まともなことなどやっちゃいないだろう。蛇《じゃ》の道は蛇《へび》というように、そんなやつらをつついていけば、手掛かりがつかめるはずだ」

「心得た」

「すまぬが頼む」

秀蔵はめずらしく頭を下げたあとで、路銀《ろぎん》だといって十両を菊之助に渡した。

「野火の新五郎の人相《にんそう》はわかっているのだな」

菊之助は金を懐《ふところ》にしまってから訊ねた。

「年は四十ぐらい。丈は五尺三寸（約一六一センチ）ほどで、背中に蟷螂《かまきり》の刺青《ほりもの》があるという。肉づきのよい顔で、目は細いが、顎《あご》と鼻はどっしりしているらしい。平次という与太公《よたこう》と、彦三という遊び人が同じことを口にしているから間違いないはずだ」

五

夜の帳《とばり》がおり、空に星たちが散らばった。

冴《さ》えた月が東の空に浮かんでいる。

夕餉《ゆうげ》の洗い物を終えたみどりは、ふっと息を吐いてそんな夜空をあおいだ。

明日から手習所の準備をすると決めたからなのか、心がはずんでいた。

それに同じ長屋に頼りになり、またあれこれと教え導いてくれるお志津という女がいたことを、心の底からよかったと思っていた。お志津と話をしていると、気持ちが穏やかになるし、ゆとりが持てるようになった。

正直なところ、先行き不安だらけだった。他人は早く再縁しろ、もらい手はいくらでもいるというが、あっさり勧めにしたがう気にはなれない。

どこまでできるかわからないが、自分の力で生きてみたいという気持ちが強い。

もっとも、これから二年、三年とたち、やはり誰かに添いたいと思うようになるかもしれないが、それはそのときである。

みどりは洗った器を笊《ざる》にのせて、自宅に戻った。戸を閉め、しっかり心張《しんば》り棒をかける。家を借りるときに、一間《ひとま》にしようかどうしようか迷ったが、やはり二《ふた》間《ま》つづきの家にしてよかったと、いまさらながら思う。

心の隅に、ちょっとした手習所ができないだろうかと考えていた結果だった。

手を拭いて、火鉢にあたり、火箸で炭を整えた。

朝夕はめっきり冷え込むようになったので、火鉢がないととてもじっとしていられない。

パチッと新しい炭が爆《は》ぜたとき、戸口で声がした。

人の影が腰高障子《こしだかしょうじ》に映っている。

「みどり殿のお宅はこちらですね」

聞き慣れない声に、みどりは小首をかしげて、そうですがと答えた。

「澤田周次郎《さわだしゅうじろう》です。お忘れでしょうか……」

みどりは、はっと目を輝かした。死んだ夫の友人である。何度か会ったことがあるし、夫・徳右衛門《とくえもん》からもよく聞いた名だった。

みどりは慌てたように土間に下りると、戸を開けてやった。

「よく、ここがおわかりになりましたね」

「ずいぶん捜しました。昼間も来たのですが、留守のようでしたので出なおしてきた次第です。夜分に申しわけないと思いましたが……」

「さあ、寒いのでお入りください」

みどりは澤田周次郎を家のなかに入れると、居間にあげて、火鉢を挟んで向かい合った。

茶を淹れてもらった澤田は、自分の近況をざっと話した。

相変わらずの貧乏御家人《ごけにん》暮らしで、生計《たつき》のために傘張りと楊枝《ようじ》削りをはじめたと、恥ずかしそうに吐露《とろ》した。

「いつまでも御上《おかみ》にすがりついていてもしようがないと、近ごろ思うようになりました」

「まさか、澤田さんも身分を捨てるとおっしゃるのでは……」

みどりの夫だった徳右衛門も、じつは御家人だったのである。

「それは考えあぐねているところです。それはともかく、話があって訪ねてきたのです。じつは黙っていようか、それとも打ち明けるべきなのか、ずいぶん迷いました」

「何のことでしょう……」

みどりは目をしばたたいて澤田を見つめた。

「徳右衛門のことです」

「あの人が何か……」

「みどり殿はお気づきでなかったでしょうが、わたしは徳右衛門の死に疑いを抱いておりました。あんなに元気だった男が急に死ぬわけがないと、ずっと思っていたのです」

それはみどりも不審に思っていたことだったが、死は死として受け入れるしかなかった。澤田はつづけた。

「脅かすつもりはありませんが、徳右衛門は殺されたと思われるのです」

みどりは一瞬、違う言葉を聞いたような気がした。息を詰め、時間が止まったように、顔を凍りつかせていた。

パチッと、炭の爆《は》ぜる音がしなかったら、いつまでもじっとしていたかもしれない。

「なぜ、そのようなことを……」

つぶやくようにいった声は、かすれていた。

「徳右衛門は人に恨まれるような男ではありませんでした。それは、みどり殿もよくご存じのはず。しかし、世の中には心ない者がいます。わたしは真実を知ったとき、信じられない思いでした」

「あの、夫が殺されたって、それはいったい誰に殺されたとおっしゃるんです」

みどりは身を乗り出していた。

「平松宋九郎《ひらまつそうくろう》です」

「えッ！」

驚かずにはいられなかった。

平松宋九郎は夫・徳右衛門ともっとも親しかった。徳右衛門が武士身分を捨てたとき、宋九郎も付き合って浪人になったのだ。

「でもなぜ、宋九郎さんが……」

「それはわたしにもわかりません。だが、これは嘘ではないのです。宋九郎が徳右衛門を殺したのです」

そういう澤田は鬼気《きき》迫る顔をしていた。

片頬に行灯《あんどん》の明かりがあたり、朱に染まっていた。

「いったい何のために宋九郎さんが、夫を……」

「その真相はわかりません。だが、やつは巧妙な手を使い、徳右衛門に毒を飲ませたのです。それがために徳右衛門は……」

澤田は悔しそうに唇を噛んで、首を横に振った。

「……どうしてそんなことがわかったのです？」

澤田は心《しん》の臓《ぞう》が急に発作《ほっさ》を起こす毒を、酒に混ぜて飲ませたといった。世の中にはそんな毒薬があるそうなのだ。

信じられない思いで話を聞いていたみどりは、夫が死んだときのことを思いだした。

道で倒れているという知らせを受けて、駆けつけたとき、夫の徳右衛門は胸を苦しそうに鷲《わし》づかみにしていた。何の言葉も発することなく、そのまま息絶《いきた》え、医者も心の臓の発作だといって死を認めた。

「わたしの知り合いに但馬《たじま》重兵衛《じゅうべえ》という男がいます。武士身分を捨て、絵師《えし》になっている男です。その重兵衛が宋九郎と酒を飲んだときに、ぽろりと漏らしたそうなんです」

――誰でもひとりや二人、死んでもらいたい、あるいは殺したいと思うやつがいる。そんなときは毒を使うのがよい。証拠《あかし》が残りにくいから、ひそかに闇に葬ることができる。

宋九郎は重兵衛にそう語り、

——他言《たごん》されては困るが、じつはおれもそれを試したことがあるのだ。

と付け足した。

重兵衛がほんとうにやったのかと聞けば、宋九郎は大真面目な顔で、

——気に食わぬやつがいたのだ。

と、吐き捨てたそうだ。

「宋九郎は重兵衛がわたしと知り合いだということを知りません。話を聞いた重兵衛が、恐ろしいことをした男を知っていると、わたしに語ってくれたのです。そのとき、ぴんと来たのです。徳右衛門は宋九郎に殺されたのだと……」

みどりはどう言葉を返せばいいかわからなかった。

「みどり殿、仇《かたき》を討つなら助太刀《すけだち》いたします」

なおも、みどりはいうべき言葉を見つけられないでいた。澤田の話は真に迫ってはいるが、聞いた話を素直に受け止められなかった。

「いかがします。仇を討ちますか」

澤田が言葉を重ねた。

行灯の芯がジジッと鳴った。

みどりは視線を彷徨《さまよ》わせたあとで、

「あの、いまはどう返事をしたらよいか、よくわかりません。少し考えさせてくださいませんか」

と、いうのが精いっぱいだった。

六

澤田が帰っていくと、みどりは火鉢のなかの炎を見つめつづけた。

聞いた話が真実なら、宋九郎は許せる男ではない。しかし、なぜ宋九郎が夫・徳右衛門を殺したのか、それがわからない。

宋九郎と夫はまるで兄弟のように仲がよかったのだ。

通夜と葬儀の席でも、宋九郎は悲しみに打ちひしがれて、涙を流していた。

「みどり殿、気を落とさずにしっかりするのです」

そんな励ましもかけてくれた。

もっとも、葬儀一切がすんだあとは会っていない。宋九郎がどこで何をしているのかも知らない。

みどりは視線をあげて、澤田が口にしたことをもう一度頭のなかで反芻《はんすう》した。澤田の知り合いだという重兵衛は、宋九郎が人を殺したと聞いてはいるが、それが徳右衛門だとはいっていない。

すると、宋九郎が殺したのは他の人だったのかもしれないし、悪い冗談を口にしただけかもしれない。

それに、宋九郎に毒薬の知識があるのかどうかも疑問である。

「でも、なぜ……」

みどりはつぶやいて、家のなかに視線を這《は》わせた。

心の臓がドキドキ脈打っている。

夫が倒れた日のことが脳裏に甦《よみがえ》った。あの日、徳右衛門は修理のすんだ三味線を届けに行った帰りに、宋九郎に会うといって家を出たのだった。

そして、徳右衛門と宋九郎が楽しそうに、居酒屋で酒を飲んでいたこともわかっている。徳右衛門が倒れたのは、居酒屋を出て宋九郎と別れたあとである。

みどりは激しい動悸《どうき》を覚えた。

宋九郎が徳右衛門に毒を飲ませて……。

それがほんとうなら、どうすべきか……。

仇を討つとしても、みどりにそんなことをする自信はない。澤田は助太刀をするといってくれたが、それでも自分にはできそうにない。

人を殺すということを考えると、全身が粟立《あわだ》ち、寒気を覚えた。

浮き立っていた気持ちは澤田の訪問を受けて、いっきに萎《な》えてしまった。

（いったい、どうすればいいの……）

胸の内でつぶやいたみどりの脳裏に、お志津と菊之助の顔が浮かんだ。

これは大事なことにほかならないが、自分ひとりで考えるには荷が重すぎる。

一度相談してみようか……。

いや、澤田はまた来るといった。相談するなら、もう一度澤田の話を聞いてからがいいのではないか……。

胸をざわつかせるみどりは、自分の考えをまとめることができなかった。

「八王子に……」

「うむ。秀蔵からちょっとした相談を受けてな」

菊之助は晩酌をしながら、さりげなくお志津にいった。あらたまっていえば、勘のいいお志津が心配することはわかっている。

「危ないお役目ではないでしょうね」

「そうではない。盗みをはたらいて捕まった男がいるのだが、八王子でも同じ盗みをやっているという。その押し入られた店のことを調べに行くだけだ」

嘘も方便《ほうべん》であるが、菊之助はこれを考えるのにずいぶん頭を悩ませていた。

「調べるだけでよいのですね」

お志津は疑わしそうな目を向けてくる。

「そうだ。次郎も連れて行くことにした。ここのところ、やつも暇らしいのだ。箒《ほうき》売りも芳《かんば》しくないようだから、いい気晴らしになるだろう」

苦しい嘘なので、つい言葉数が多くなる。

「気をつけて行ってきてくださいよ」

「心配には及ばぬ。ついでに墓参りもしてこようと思う」

菊之助の実家は八王子にあった。先祖の墓も同地にある。

「しばらく家をあけるので、明日は仕事に精を出そう。そろそろ飯にするか」

菊之助は盃を置いた。

そのころ、澤田周次郎は京橋《きようばし》に近い、新両替町《しんりようがえちよう》にある小さな居酒屋で酒を飲んでいた。

（遅いな……）

澤田は出入口の戸を眺めた。但馬重兵衛のやってくる気配がない。

もう半刻《はんとき》（一時間）は待っているのである。

店は立て込んでいたが、来店する客より帰っていく客が多くなり、いまは閑散としていた。店の者たちも片づけにかかっている。

澤田は酔ってはいなかったが、もう四合ばかり飲んでいた。

この店を指定したのは重兵衛だった。仕事で少し遅くなるが、必ず行くといっていたのだ。重兵衛からもっと聞かなければならないことがあった。そうしなければ、宋九郎を討つことはできない。

「お客さん、お酒をつけるなら早くいってくださいましな」

下駄音をさせてやってきた小女《こおんな》がそんなことをいう。澤田には、早く帰ってくれ、というように聞こえた。

「いや、もういらぬ。勘定を頼む」

重兵衛を待つことに痺《しび》れを切らしたので、こちらから家を訪ねることにした。居酒屋を出ると、京橋川沿いを歩き、真福寺橋《しんぷくじ》を渡った。冷たい風が顔に吹きつけてきて、酔いを醒《さ》ます。澤田は肩をすぼめた。絵師になった但馬重兵衛は、南八丁堀《みなみはっちょうぼり》に妻と二人で住んでいた。絵師としてどうにか独り立ちできた重兵衛は、鷗斎《おうさい》という雅号《がごう》を持っている。

南八丁堀の裏道にはいると、建て付けの悪い戸が、カタカタと鳴っていた。どこかで犬がさかんに吠えている。

木戸口をはいって重兵衛の家の前に立ち、声をかけた。腰高障子の向こうにあわい明かりが感じられる。

「重兵衛、いるのか？　待っても来ぬからやってきた」

返事がない。

「重兵衛、おらぬのか……」

澤田はまわりを見た。

ひょっとしたら、すれ違ったかもしれないと思った。しかし、家にはお栄《えい》という妻がいるはずだ。

「お栄さんもいないのか」

やはり声は返ってこない。

澤田は戸に手をかけて横に開いた。

と、息を呑んで、目を瞠《みは》った。

お栄が土間で血を流して倒れており、重兵衛は画仙紙《がせんし》の散らばった居間で仰向《あおむ》けに倒れていた。首が斬られている。障子には血痕が走り、画仙紙は赤く染まっていた。

第二章　府中宿《ふちゅうしゅく》

一

空には鼠《ねずみ》色をした雲が低く漂い、通りには木枯らしが吹いていた。

商家の暖簾が風にあおられ、天水桶《てんすいおけ》の手桶が転がっている。

小者の甚太郎《じんたろう》と寛二郎《かんじろう》を連れた横山秀蔵は、楓《もみじ》川に架かる中《なか》ノ橋を渡ると、そのまま南八丁堀二丁目の町屋に入った。

知らせは秀蔵の出がけに入った。

――旦那、殺しです。

と、屋敷に駆け込んできたのは、南八丁堀を仕切らせている岡っ引きの吉松《よしまつ》だった。

どこで起きたと聞けば、自分が縄張りにしている南八丁堀二丁目の長屋だという。秀蔵は先に吉松を行かせて、迎えに来たばかりの甚太郎と寛二郎を連れて、八丁堀の同心屋敷を出たのだった。

事件は南八丁堀二丁目にある藤十郎《とうじゆうろう》店という長屋で起きていた。すでに家の前には野次馬がたかっていた。

甚太郎と寛二郎が先に走り、

「ほら、どいた、どいた。道を開けてくれ」

と、野次馬を追い払う。

秀蔵は路地のどぶ板を踏み割らないようにして、殺しがあったという家の前に立った。

上がり框《かまち》に腰掛けていた吉松がさっと立ちあがり、

「見てください」

と、家のなかを振り返るが、広い家ではないので、戸口に立つ秀蔵にも一目《いちもく》瞭然《りようぜん》だった。

「誰が見つけた？」

「隣の定吉《さだきち》という錺《かざり》職人です。そこにいるやつです」

吉松が下駄面を表に向ける。

野次馬のなかから古びた半纏を着た定吉が出てきた。

「どうやって見つけた？」

秀蔵は射るような目を定吉に向ける。

「どうやってって、ちょいと醤油を借りに来たんですが、そのときに……」

「何刻《なんどき》ごろだ？」

「六つ半（午前七時）は過ぎていたと思います」

「醤油を借りようと思って声をかけたが、返事がないので戸を開けたらこの始末だったというわけか」

秀蔵は先読みするようなことをいった。

「まさにそのとおりです。ですが、昨夜、気になることがあったんで、妙な胸騒ぎもしておりました」

「どういうことだ？」

秀蔵が眉をひそめると、定吉はとつとつとした口調で話した。

「たしか宵五つ（午後八時）ごろだったと思うんです。あっしが、寝酒をちびちびやっていますと、低い声でいい合う声がして、バタバタと物音がしたんです。

ですが、すぐに静まったんで、夫婦喧嘩でもしてるんじゃないかと思ったんですが、いつも朝の早いお栄さんが……この家のおかみさんですが、とんと家から出てこないんです」

「それで気になって、醤油を借りるついでに、たしかめたかったというわけか」

「へえ、まったくそのとおりで……それにしても、まさかこんなことになっているとは思いませんでしたから、腰を抜かしそうになりました」

定吉は、そのまま吉松の家に走ったといった。

「もう少し話を聞きたいので、待っておれ」

秀蔵はそういって、土間に倒れ伏しているお栄という女房の傷を見た。胸をひと突きされていた。これではひとたまりもなかっただろう。

血は乾いているので、殺されたのは今朝ではなく、昨夜と思われた。おそらく定吉が物音を聞いたときだろう。

つぎに部屋に上がり込み、亭主の傷を見た。首を斬られている。

（一太刀《ひとたち》……）

胸の裡《うち》でつぶやいた秀蔵は、宙の一点を凝視《ぎょうし》し、家のなかを見まわした。

部屋は狭い。天井も高くはない。下手人は短刀を使ったと思われる。

畳には血にまみれた画仙紙が散らばっていた。

絵はしどけない恰好《かっこう》をしている女や、淫《みだ》らな男女の絵ばかりだった。いわゆる春画《しゅんが》である。まともな絵は、よほど名が知れていないと売れない。絵師で生計を立てるには、春画が手っ取り早いのである。

「下手人を見た者、あるいはあやしいものを見た者はいないか？」

秀蔵は三和土《たたき》に下りて、野次馬たちに声をかけた。

「下手人かどうかわかりませんが、あっしは男の後ろ姿を見ました」

いったのは、青物の棒手振《ぼてふり》をしている角兵衛《かくべえ》という男だった。

「いつごろだ？」

「へえ、五つ半（午後九時）になるかならないころだったと思います。後ろ姿だけで、顔は見ませんでしたけど、あっしはそのまま厠《かわや》に入りましたんで……」

「どんな男だった？」

「どんなといわれても、刀を差していたのはたしかです。あまり背は高くなかったような気がします」

すると、侍である。

その後の調べで、殺されたのは但馬重兵衛という元御家人だとわかった。職は浮世絵師で鷗斎という雅号があった。妻は栄である。

二人が揉め事や問題を抱えているような話は聞くことができなかったが、秀蔵は重兵衛の関わりを調べると同時に、甚太郎と寛二郎、そして岡っ引きの吉松に藤十郎店界隈《かいわい》の聞き込みに走らせた。

南八丁堀の自身番で口書《くちが》きを作った秀蔵は、但馬重兵衛が御家人だった頃のことを調べることにした。

「死体の引き取りは請人《うけにん》に知らせて、どうするか話し合え」

秀蔵は自身番詰めの書役《かきやく》にそう指図すると、差料《さしりよう》を引きよせた。

二

昨夜訪ねてきた澤田周次郎の言葉が頭から離れなかった。みどりは朝から、これといって何をするでもなく、無為《むい》な時間を過ごしていた。

昼前になってようやく家を出たが、はて自分は何をしようとしているのだろうかと、寒々しい空を見あげて途方に暮れた。

自分ひとりで考えて片づけられる問題ではない。誰かに話を聞いてもらいたいと思うが、果たして話していいものかどうか、判断がつかない。

澤田周次郎はもう一度やってくるといった。やはり、澤田を待ったほうがいいかもしれない。

みどりには聞いてたしかめたいことがある。

気づいたときには源助店の北側筋の路地を歩いていた。

自分の住んでいる長屋と違い、日当たりが決していいとはいえない長屋だが、気のいい人ばかりが住んでいる。

みどりは菊之助の仕事場のそばで立ち止まった。

「御研ぎ物」というくすんだ看板が、ときどき風にあおられ、カタコトと小さな音を立てている。

腰高障子は閉まっているが、障子の向こうに明かりがあるので、菊之助がいるのはたしかだ。仕事をしている気配が表からでも感じられる。

みどりは菊之助に打ち明けてしまおうかという衝動に駆られた。

みんなが「菊さん、菊さん」と親しく呼んでいるので、みどりもそう呼ばせてもらうことにしている。

菊之助もそう呼んでもらいたいといってくれた。迷っていると、がらりと戸が開いたので、みどりはハッと驚いて目を瞠った。

「なんだ、みどりさんか……」

菊之助は戸を開けて声をかけた。

表に佇んでいる人の気配があったので、気になって戸を開けたのだった。

「何をしているのです？　これから出かけるところですか？」

「いいえ」

みどりは首を振る。いつもと違い表情が硬いし、心なしか顔色が悪い。

「どうかしましたか？」

「あの……」

みどりは小さくつぶやいて数歩近づいてきた。

「なんです？」

「ちょっとご相談したいことがあるんです」

菊之助はみどりをしばらく眺めてから、

「表は寒いのでお入りください」

といって、みどりを仕事場にいざなった。

「見てのとおり汚いところなので、適当にその辺にお座りください」

菊之助は砥石や置いてある包丁を脇に寄せて、みどりが座れる場所を作ってやった。それから手焙りにかけていた鉄瓶を持ち、茶を淹れた。

「相談というのはなんです？　どうぞ、安物の茶ですが……」

湯呑みを渡して、みどりを眺める。

みどりは黙って湯呑みを口に持っていったが、飲もうとはしなかった。湯気がみどりの白い頰《ほお》を包む。

「どうされました……」

「お仕事の邪魔になるのではないでしょうか」

「そろそろ一休みしようとしていたところです。気になさらずに。それでなんでしょう」

「あの……」

みどりは湯呑みを膝に置いて、まっすぐな視線を向けてきた。

日当たりの悪い家なので、今日のように天気が悪いと明かりを点《つ》けていなければならない。燭台《しょくだい》の炎が、みどりの目に映っていた。

「わたしの夫のことです。心の臓の発作を起こして死んだと思っていたのですが、ひょっとすると殺されたのかもしれません」

「殺された……それは穏やかではありませんな。いったいどうして……」

「いまでも信じられないのですが、昨夜、死んだ夫の知り合いが訪ねてみえて、そんなことを申されたのです」

「どのように……」

みどりは昨夜、澤田周次郎から聞いたことを、そっくりそのまま話した。

「澤田さんは、わたしが仇を討つなら助太刀をするとおっしゃいますが、わたしにはとてもそんなことはできそうにもありません」

「それはまた、とんだ話を……」

菊之助はうまく言葉を返すことができなかった。

「それに、ほんとうに夫が毒殺されたのかどうか、それもはっきりとはしておりません。たしかな証拠があれば別でしょうが、澤田さんもそのことはわかっていないのではないかと思うのです」

「ふむ……」

「ひょっとしたら悪い冗談だったのかもしれません」

菊之助はゆっくり茶を飲んだ。

「宋九郎さんと夫はとても仲がよかったのです。まさか、あの人が夫を殺すなど考えられないことなのです」

「………」

菊之助は黙ってみどりを眺めた。あらためて思うことであるが、悩んでいるその顔はやはり美しい。

「しかし、もし、その話がほんとうだとしても、なぜその宋九郎という人はあなたのご亭主を殺さなければならなかったのでしょう。殺して、何か得をするようなことでもあったのでしょうか?」

「さあ、それはわたしにもよくわかりません」

「ご亭主は徳右衛門殿と申されたのでしたな」

「はい」

「徳右衛門殿と宋九郎殿の間に揉め事はありませんでしたか?」

「それもはっきりとはわかりませんが、そんなことはなかったはずです」

みどりはうつむいて、しばらく黙り込んだ。

菊之助は沈思《ちんし》する。

表で子供の声がして、「炭ーぃ、炭ーぃ」という炭売りの声が聞こえ、やがて遠ざかっていった。

「それにしても唐突《とうとつ》な話で、みどりさんも面食らったことでしょうが、ここはもう一度澤田という方の話を聞かれるべきでしょう。みどりさんは、澤田殿のお住まいをご存じですか？」

「替わっていなければ、四谷《よつや》だと思いますが、四谷のどこであるかはわかりません」

「平松宋九郎殿の家は？」

「同じく四谷ですが、やはり家はわかりません」

「それでは但馬重兵衛という人の家もわからないということですな」

「但馬様のことは、澤田さんからお聞きしただけなので……」

菊之助が率先して調べようとしても、これでは手のつけようがない。

「気が気ではないでしょうが、とにかく澤田殿がまた来るとおっしゃっているのですから、そのときに詳しい話を聞くべきでしょう」

「やはり、そうすべきでしょうね」

みどりは暗い顔のまま、ふっと息を吐いて肩を落とした。

三

冬の夕暮れは早い。

夕七つ（午後四時）の鐘が、空をわたっていくと、もうあたりは暗くなった。その日は天気がよくないので、もう夜の気配である。

気の早い煮売り屋は、早々に招き提灯《ちょうちん》に火を入れていた。

当面の仕事を仕上げた菊之助が、注文の包丁を届け歩いて自宅である長屋に入ろうとしたとき、背後から声がかかった。

振り返ると、秀蔵と次郎が並んでやってくるところだった。

「ちょうどよかった。明日から八王子に行ってもらうが、渡しておきたいものがある。ここじゃ寒いな」

そばにやってきた秀蔵はそういってあたりを見まわし、近くにある一膳飯屋を見て、あそこで話そうという。

「おまえの家では、お志津さんの手前、具合が悪かろうし、おまえの仕事場は、どうにも落ち着かない」

そんなことをいいながら、秀蔵は目をつけた一膳飯屋にさっさと歩いていく。

「菊さん、殺しがあったんです」

菊之助のそばに並んだ次郎がそんなことを言う。

「穏やかじゃないな。いったいどこであったのだ?」

次郎は今朝、南八丁堀二丁目の長屋で起きた事件を口にした。

次郎は菊之助と同じ源助店の住人である。本来なら本所尾上町《おのえちょう》の実家が営んでいる瀬戸物屋で、家業の手伝いをする男だが、店を継ぐ長男とそりが合わないらしく、家を飛び出して源助店に住み、箒売りをはじめた。

それがひょんなきっかけで、秀蔵の手伝いをするようになり、いまや立派な町方の手先となっている。

菊之助たちは一膳飯屋の片隅に腰を据えた。

寒いので、菊之助は熱燗をつけてもらった。

「まずは野火の新五郎の人相書を作った。これを持って行け」

秀蔵は一枚の人相書を菊之助に渡した。似面絵《にづらえ》はない。秀蔵が彦三と平次という男から聞き取った新五郎の特徴である。

すでに菊之助は聞いているが、覚えなおすのにはありがたい。

「八王子の問屋場《といやば》に飛脚《ひきやく》を走らせて、おまえたちのことを伝えてある。人相書もいっしょに送ってある。おれの名をいえば、先方に話は通じるはずだ。うまくすれば、すぐに居場所をつかめるかもしれぬ」

「その前に、なぜ新五郎は八王子に行ったのだ？　やつの生まれがそうなのか？」

「おれもそれは気になっているところだが、わからぬ」

「何日をめどにする？」

菊之助はいつまでも休める体ではない。本職があるのだ。

「たしかに、捕まえるまで戻ってくるなとはいえねえな。それはそうだ……」

独り言のようにつぶやいた秀蔵は、しばらく考えてから、

「五日は無理か？」

と、菊之助に顔を戻した。

「いいだろう」

その程度のことは覚悟していた。

「宿の手配まではしていないが、おまえは向こうの生まれだ。そのあたりのことは心配いらぬだろう。もし、やつを押さえることができたら人足を雇い、唐丸籠《とうまるかご》

で江戸まで連れ戻してくれるか」

「やれるだけのことはやってみるつもりだ」

菊之助はあらためて人相書を眺めてから、懐《ふところ》にしまった。

「他になにか聞いておくことはないか?」

「いや、ない」

「次郎、おまえはそそっかしいところがあるから、へまはするな。押さえるのはひとりだが、邪魔が入るかもしれぬ。油断はするな」

「はい、そりゃもう」

次郎はかしこまって秀蔵に応じた。

「何やら南八丁堀で殺しがあったそうだな」

菊之助は酒に口をつけて、何気なく訊ねた。

「殺されたのは鷗斎という絵師だ。描いていたのは枕絵《まくらえ》ばかりだが、元は御家人だったらしい」

「手掛かりはあるのか?」

「下手人らしき男を見た者はいるが、調べは明日から徹底してやる」

「夫婦揃《そろ》って殺されたらしいな」

「ひでえもんだ。だが、下手人は並みの遣い手ではない。あっという間に、夫婦を斬っている。狭い家のなかとはいえ、相手に騒がれず逃げられないように、二人いちどきに殺すのは容易ではない」

「すると、その辺の町人ではないな」

「おそらくそうだろう」

「殺された絵師は元は御家人だったといったが、侍身分を捨てる前に因果《いんが》を作っているのでは……」

「雅号は鷗斎だが、本名は但馬重兵衛という。小普請組《こぶしんぐみ》だったらしい」

「但馬……重兵衛……」

菊之助は盃を宙に浮かしてつぶやいた。どこかで聞いた名だ。

「まさか知ってるっていうんじゃないだろうな」

秀蔵が怪訝《けげん》そうな顔を、菊之助に向けた。

菊之助はどこで聞いた名だったかと、記憶の糸を手繰《たぐ》っているうちに、はたと気づいた。

「まさか、みどりさんのいった……」

「なんだ?」

「いや、うちの長屋に越してきた若い女《ひと》がいるんだが、その人から同じ名を聞いたのだ」

「なんだと……」

秀蔵の涼しげな目が見開かれた。

菊之助は、昼間、みどりから受けた相談をかいつまんで話してやった。


そのころ、みどりの家を澤田周次郎が訪ねていた。

「なぜ、そんなことに？」

みどりは但馬重兵衛が殺されたと聞いて驚いていた。

「わたしにもわからないことです」

「それで、届けられたのですね」

澤田はいいえと、首を横に振った。

「おそらくわたしが最初に見つけたはずです。もし届ければ、わたしが下手人ではないかと疑われるかもしれない。そうなれば面倒なことになります」

「で、でも……」

「届けるべきだったのでしょうが、わたしはそのまま重兵衛の家を出ました。もちろん、わたしが殺したのではありません」

「そ、それは……」

みどりは目の前の澤田が怖くなった。

ひょっとすると、出鱈目《でたらめ》をいわれているのではないかという思いにとらわれていた。

「重兵衛を殺したのは宋九郎かもしれない」

「なぜ、そうと……」

みどりの問いかけが、表からの声に遮《さえぎ》られた。

「みどりさん、おいでですか？」

ハッと、顔を強《こわ》ばらせたみどりは戸口を見た。

腰高障子に三人の影が映っていた。

四

「みどりさん、お留守ですか？　荒金です」

菊之助が再度声をかけると、

「あ、はい」

という、か細い声が返ってきた。

菊之助は秀蔵を振り返ってうなずいた。

やがて、戸口が細く開けられ、みどりの顔がのぞいた。何やらビクビクしている様子である。

「昼間聞いた話ですが、ちょいと込み入ったことになっているんです。少し話をさせてもらえますか」

菊之助はそういいながら、土間に男物の雪駄《せった》があるのを見た。

「こっちはわたしの従兄弟です。話を伺いたいだけなんですが……」

秀蔵を見たみどりの視線が泳いだ。

「誰かお客でも……」

「い、いえ」

みどりは後ろを振り返って、すぐに顔を戻した。

「どうぞ」

菊之助は戸を引き開けて、敷居をまたいだ。

居間にひとりの侍がいた。用心深そうな視線を寄こし、あとから入ってきた秀蔵を見てうつむいた。

「南町の横山と申す。菊之助から聞いたことなんだが、そなたは但馬重兵衛を知っている男を、存じているらしいな」

秀蔵の言葉に、みどりは息を呑み、居間にいる侍を見た。

「客人がいるようだから話は手短にすませる。但馬重兵衛を知っている男は……」

「それはわたしです」

秀蔵の言葉を、居間に座っていた侍が遮った。

全員、その侍を見た。

「小普請組の澤田周次郎と申します。みどりさんのご亭主だった徳右衛門と親しくしていた者です」

澤田と名乗った侍は毅然《きぜん》としていた。

秀蔵が足を進めて土間に立った。

菊之助が背後に控えると、次郎が入ってきて戸を閉めた。

「みどりさんの亭主が毒殺されたといったのは、澤田殿であるな」

秀蔵は澤田を見据えている。

その澤田は、みどりをちらりと見たが、咎《とが》める目ではなかった。あきらめたように、小さな吐息をつき、

「もしや、但馬重兵衛が殺されたことをお調べでは……」

という。

秀蔵の目が訝《いぶか》しげに細められた。

「なぜ、そのことを知っておられる？」

「昨夜、重兵衛の家に行き、殺されているのを見ております」

「何ですと」

秀蔵は眉を大きく動かした。

「しかし、わたしの仕業《しわざ》ではありません。昨夜わたしは重兵衛と、とある居酒屋で待ち合わせをしておりましたが、約束の刻限を過ぎても重兵衛はなかなかやってきません。気になって家に行ってみると、重兵衛と妻のお栄殿が倒れておりました」

「なぜ届けられなかった？」

「面倒に巻き込まれたくなかっただけです。他意はありません」

「知り合いが殺されたのであろう。それを知らぬ顔をして立ち去ったといわれる

か」

秀蔵は咎め口調で肩を怒らせた。

しかし、相手は小普請組の御家人とはいえ、幕臣《ばくしん》である。町奉行所は幕臣の調べに対しては、捜査権がかぎられているので慎重にならざるをえない。

「たしかに届けるべきだったのでしょうが……」

澤田は後悔の色を顔ににじませ、軽く唇を噛んだ。

「とにかく昨夜のことを聞かせてもらおう」

澤田は秀蔵の求めに素直に応じ、昨夜自分の取った行動を詳しく話した。

そばで聞いている菊之助は、澤田の言葉に嘘を感じなかった。もっとも、うまくいい繕《つくろ》っているのかもしれないが……。

「お疑いならば、昨夜、重兵衛と待ち合わせをした居酒屋で話を聞かれるがよい」

澤田は話し終えた後でそう付け足した。

上がり框に腰をおろした秀蔵は、しばらく黙り込んでいた。

「いいでしょう。その居酒屋に案内してもらいましょうか。ただし、その前にみどり殿に申されたことをもう一度、聞かせてもらえませんか。なんでも、みどり殿のご亭主は毒殺されたといっておられるようだが……」

秀蔵はまっすぐ澤田を見る。

「わたしはもう一度、そのことをたしかめるために、昨夜重兵衛に会うところだったのです。毒殺の一件は、その重兵衛の口から出ましたので……」

澤田はそう前置きをして、菊之助がみどりから聞いたことと同じことを話していった。

みどりは息を呑んだ顔で話を聞いていた。

秀蔵の顔も真剣そのものだ。ついさっき、菊之助から聞かされた話ではあるが、そこに齟齬《そご》がないか耳を傾けているのだ。

「すると、毒殺されたというたしかな証拠はないというわけですな」

話を聞き終えてから秀蔵が口を開いた。

「たしかなものはありません。だがしかし、わたしは宋九郎が単なる戯言《ざれごと》をいったとは思っていません。それに重兵衛を殺したのも、宋九郎ではないかとにらんでいます」

「何故《なにゆえ》、そう思われる？」

「……勘です。毒殺のことを口にしたのを後悔して、口封じをしたのではないかと思うのです」

一瞬の間を置いて、澤田はいったが、その声音には自信が窺えた。

「ふむ、勘ですか……。それで、平松宋九郎という御仁《ごじん》は浪人になっておられるのでしたな」

「何を生計《たつき》にしているのか知りませんが、そうです」

「平松宋九郎はうっかり、みどり殿の亭主毒殺を口にした。もっとも、誰を殺したとはいっていないが、いってはならないことを口走ってしまった。それで、そのことを但馬重兵衛が他に漏らしたら困るので口を封じた」

「わたしはそのように考えています。もし、重兵衛が殺される前にわたしのことを口にしていれば、わたしも宋九郎に狙われるということになります」

「穏やかな話ではありませんな」

秀蔵はそういって、自分の膝をぽんと、たたいて立ちあがった。

「とりあえず、澤田殿が申されたことの裏を取りたい。昨夜行かれたという居酒屋に案内願いましょう」

五

昨夜、澤田が但馬重兵衛を待っていたのは、新両替町にある〈讃岐《さぬき》屋〉という居酒屋であった。

確認をするのは秀蔵であるが、菊之助も次郎も同行していた。もし、澤田が妙な気を起こした場合を警戒してのことである。

店の者から話を聞き終えた秀蔵は、入れ込みの隅にみんなと車座になって座った。客は五分《ぶ》の入りで、他の客からは離れていた。

「絵師の鷗斎こと但馬重兵衛とその妻が殺されたのは、昨夜のことだ。これは検死をした医者もそうであろうといっている」

秀蔵は酒でなく茶を飲みながら話をつづけた。

「そして、重兵衛の死体を見つけたのは、隣に住む定吉という錺《かざり》職人だ。定吉は昨夜、重兵衛宅で騒ぐような物音を聞いている。それが、宵五つごろだ。そして、同じ長屋に住む角兵衛という男が厠《かわや》に行く際、下手人らしき男を見ている。これが五つ半ごろだった」

秀蔵は澤田を見て、それから菊之助と次郎に視線をうつした。

「澤田殿がこの店を出られたのは、夜四つ（午後十時）前。この店の者もそれに間違いないという。そうなると、澤田殿の仕業ではないといってよいかもしれぬ。問題は、角兵衛が見た侍だ。重兵衛の家で不穏な物音がしたあとであるから、その侍が下手人かもしれぬ」

秀蔵は澤田への疑いを解いたようだ。

「横山さん。この一件、わたしにも手伝わせてもらえませんか」

澤田は意外な申し出をした。

「手伝う……」

「ええ、これは徳右衛門毒殺に端《たん》を発しているのかもしれません。それに、重兵衛とわたしは、知らぬ仲ではなかった。奥方のお栄殿のことも知っておりました。さらに、下手人が捕まらなければ、わたしへの疑いがすっかり晴れたことにはなりません。そうではありませんか」

澤田は秀蔵をまじまじと見て、言葉を重ねた。

「是非、助《すけ》をさせてください」

「そうまでいわれるなら断るわけにはまいらぬし、人の手は多いほうがいい。では、助をお頼みしましょう」

秀蔵の言葉に、澤田はふっと頬をゆるめた。

「すると、まずは平松宋九郎の居所をつかむのが先だな」

いったのは菊之助だった。

「うむ、そうだ。だが菊の字、おまえには八王子に行ってもらおう。こっちのことはおれたちにまかせておけ」

釘を刺すように言う秀蔵は、そのときどきで、菊之助のことを「菊の字」といったりする。

「明日の朝は早く出ますか？」

次郎が寒空を仰ぎ見て聞いた。

菊之助と次郎は、秀蔵と澤田の二人と別れたばかりだった。

「慌てて出かけることもないだろう。明日の朝支度ができたら、うちに飯を食いに来い。それから出立《しゅったつ》だ」

「それじゃ、六つ半（午前七時）ごろ訪ねていいですか」

「かまわぬ」

菊之助はぶるっと肩を揺すった。寒気が厳しくなっていた。

江戸《えど》橋がすぐ先にあり、提灯を持ってわたってくる二人組の男がいた。どこかできこしめしてきたらしく、足がふらついている。

「腹は減っていないか？」

菊之助は江戸橋をわたりながら次郎に聞いた。

「ちょいと減ってます」

「この先にある屋台に寄っていこう」

江戸橋の北詰めにうどんの屋台があった。

うどんで体をあたためた二人は、そのまま長屋に帰ってきたが、菊之助はみどりのことが気になり訪ねてみた。

「いったいどうなったのでしょうか？」

みどりは菊之助の顔を見るなり訊ねてきた。やはり、気が気でなかったようだ。

「心配はいりません。澤田さんの疑いは晴れたようです。それにあの人は、下手人捜しの助をすることになりました」

「澤田さんが……」

「気が咎めたんでしょう。それより、みどりさんもずいぶん気を揉《も》んでいるのではありませんか。突然、思いもよらぬことを聞いたのですから」

「ええ、もうどうしていいかわからず、一日落ち着きませんでした」

「あとは、町方にまかせておきなさい。あの横山という男は、申したとおりわたしの従兄弟でお志津もよく知っている者です。あの者にまかせておけば心配はいりません」

「あれこれ考えなくともよいのですね」

「いらぬことは考えないほうがよいでしょう」

菊之助はみどりを安心させるように笑みを浮かべる。

「でも、もし、うちの人が毒殺されたのがほんとうだったならば……」

「仇討ちなんて考えることはありません。とにかく、平松宋九郎が見つかれば、何もかもはっきりすることです」

「……そうですね」

みどりはようやく安心した表情になった。

「それじゃ、これで失礼します。何か困ったことがあったら、遠慮なくわたしなりお志津なりにいってください」

表に出た菊之助は、暗い空をあおいで、吐息をついた。

六

翌朝、高砂町にある源助店を菊之助と次郎が出立したのは、朝五つ（午前八時）であった。内藤新宿《ないとうしんじゅく》、高井戸《たかいど》、国領《こくりょう》と各宿を過ぎ、江戸から四番目の大きな宿場になる府中《ふちゅう》に入ったころには、もう空は黄昏《たそが》れはじめていた。

「やはり、府中で一泊していこう。八王子まではもう一息だが、明日からのことを考えたら、そうしたほうがよいだろう」

菊之助は往還《おうかん》に立ち止まって、宿場の入口を眺めた。

昼間の甲州《こうしゅう》道中は人の往来が目立ったが、日が傾くにつれ人の姿がまばらになった。

遠くの山は黒くうち沈み、そこまでつづく野や畑も暗く翳《かげ》っている。さっきまで薄日を漏らしていた空には、星のまたたきが見られた。

「適当な宿に入って、風呂にでも浸かり疲れを癒《いや》そう」

菊之助は再び歩きはじめた。野袴《のばかま》に打裂《ぶっさき》羽織というなりであった。腰には愛刀の「藤源次助眞《ふじげんじすけざね》」を差している。

次郎は膝切りの着物を端折《はしょ》り股引《ももひき》に半纏である。十手は持たずに、道中差《どうちゆうざし》を帯びていた。二人とも手甲脚絆《てっこうきやはん》をつけている。

府中宿は、大きく分けて新宿《しんしゆく》・本町《ほんまち》・番場《ばんば》という三つの町で成り立ち、その周辺に小さな町や村があった。鎌倉《かまくら》街道が交叉する交通の要衝《ようしよう》でもあり、なかなかのにぎわいである。

問屋場は各町にあり、本陣《ほんじん》・脇本陣の他に旅籠《はたご》が二十九軒ある。そのうち飯盛《めしもり》旅籠が八軒あった。

宿場にはいると、右からも左からも「お泊まりはこちら、お泊まりはこちらで」という客引きの声がかかってくる。

旅籠の女たちは通りに出て、旅人たちの袖を引いたり、あとを追いかけたりする。手代《てだい》や番頭たちは旅籠の前で声を張り上げている。

「どこの宿もさして変わらぬだろう」

そう考えた菊之助は、最初に声をかけてきた女の誘いに乗ることにした。新宿にある〈柊《ひいらぎ》屋〉という旅籠に入った。

「おいら、江戸から旅をするのは初めてなんです。田舎ってぇのは、なかなかいいもんですね」

次郎はうきうき顔でいう。

「ただの旅ではないのだ」

「へえ、そりゃそうで……」

菊之助は手甲脚絆を外し、羽織袴を脱いで、楽な恰好になった。

「菊さん、ここから八王子までどのぐらいあるんです？」

「四里（約一六キロ）ほどだ。明日の昼前にはつける」

そんなことを話していると、女中が茶を運んできた。風呂を先にするか飯を先にするかと訊ねる。

「風呂はいつでも入れるのかね」

菊之助は一息入れて、寝る前に風呂に浸かりたかった。

「四つ半（午後十一時）には湯を落としますんで、それまででしたらいつでも」

「それじゃ先に飯にしよう。二本ばかりつけてもらえればありがたい」

「承知しました。ゆっくりなさってください。どちらまで旅をされるんです？」

あばた面の若い女中は、菊之助と次郎を見て訊ねる。

「八王子まで墓参りだ」

「それじゃ、ご実家が八王子なんですか？」

「まあ、そんなところだ」

女中は話し好きのようだったが、他の女中に呼ばれて下がっていった。

二人の入った部屋は二階の隅にあり、窓から黒い影となっている遠くの山々を見ることができた。黒い稜線《りょうせん》の上に、無数の星たちが浮かんでいる。

食事は一階の広間に用意されているので、ころ合いを見計らって二人は部屋を出た。

膳部《ぜんぶ》には山菜料理が並び、鮎《あゆ》の塩焼きが目を惹いた。菊之助は衣《きぬ》かつぎを器用に剝《む》き、ぱらっと塩をかけて口に運ぶ。次郎の酌を受けて酒を飲む。

「次郎、酒は二合までだ。出張《でばり》旅だというのを忘れるな」

「へえ、わかっていますよ」

次郎は横着《おうちゃく》な口を利く。菊之助は秀蔵の手先、五郎七《ごろしち》あたりの影響を受けているのではないかと思った。

これはいつか戒めてやらなければならないと、そっと次郎を見る。

夕餉を終え部屋に戻ると、床が延べてあった。

「次郎、風呂に浸かろう。たまにはおまえに背中を流してもらおうか」

「へえ、喜んで……」

江戸から府中まで七里二十六町（約三〇キロ）余を歩いてきたのだから、疲れが溜まっていた。

飯を食い風呂に浸かると、もう宵五つ（午後八時）近い時刻になっていた。

あちこちの部屋で話し声や笑い声はするが、表通りは静かだ。試しに窓を開けて往還を見ると、数軒の店の提灯が見られるだけで、人影は数えるほどだった。

「田舎は江戸と大違いですね」

「そりゃそうだ」

「だけど、心が落ち着きます」

「そうはいうが江戸暮らしに慣れると、田舎の暮らしは退屈かもしれぬ」

「そういうもんですかね」

次郎がそういったとき、表で怒鳴り声がした。

「あっちだ。逃がすんじゃねえ」

そんな声がつづき、いくつもの足音が聞こえてきた。次郎がガラリと窓を開けると、下の道を十数人の男たちが駆けていた。

「田舎も騒がしいや。……とても、穏やかどころじゃありませんよ」

次郎が菊之助を振り返ったとき、階下でドタバタと慌ただしい音がして、悲鳴があがった。

「なんだ……」

つぶやいた次郎が表情を固くして、菊之助を見た。

階段を駆け上ってくる足音がしたと思ったら、菊之助と次郎のいる部屋に、ひとりの男が飛び込んできた。手に抜き身の刀を持っている。

「何事だ」

菊之助が身構えるように訊ねると、男は肩で荒い息をして、

「た、助けてくれ。追われてるんだ。つかまりゃ殺される」

と、どうにも穏やかではない。

「いったいどうしたというんだ？」

男は畳を這い、窓を小さく開けて表を見て、声をひそめた。

「おれの女が攫《さら》われたんで、取り戻しにいったら、やつらに返り討ちにされそうになったんだ。ハアハア……み、水をくれないか」

次郎がぬるくなった茶を渡すと、男はゴクゴク喉を鳴らして飲みほした。男は刀を持っているが、侍には見えなかった。

「追っている者たちは何者だ？」

「この宿場を荒らしている浪人たちだ。おれは仏《ほとけ》の禄蔵《ろくぞう》の子分で松太郎《まつたろう》と……」

言葉を切ったのは、階下に騒がしい男たちの声があがったからだ。松太郎は顔色を青ざめさせた。

階下から、ここに逃げ込んだはずだ、どこへ行ったなどと詰問《きつもん》する声が聞こえてきた。

「要領を得ぬが、その押入《おしい》れに隠れていろ」

菊之助が男をうながすと、次郎が押入れをあけて松太郎をなかに押し込んだ。階段に足音がある。騒ぎに気づいた他の泊まり客たちが、廊下側の障子を開ける音がした。

「おい、ここに男が逃げてこなかったか？」

二階にあがってきた男たちは乱暴に客間を開けて、そんなことを聞いている。

菊之助は差料《さしりょう》をそばに引きよせて、静かに茶を飲んだ。

「次郎、ここはわたしにまかせておけ」

「へえ」

次郎が小さくうなずいたとき、乱暴に障子が引き開けられ、三人の浪人が姿を現した。ぎらつく目を菊之助と次郎に向け、

「男を捜している。この旅籠に逃げ込んだのはわかっているが、知らぬか」

と、乱暴な聞き方をする。

「何があったのか知らぬが、無礼ではないか」

「何を……」

真ん中の男が刀の柄に手をやり、一歩踏み込んできた。両眉がつながりそうな一本眉だ。

「人にものを訊ねるときには礼儀というものがあろう」

菊之助は普段の町人言葉から侍言葉になっている。

「偉そうなことを……それで、知らぬか？」

「さっき、騒がしい足音がして裏庭に飛び降りた者がいたが……」

菊之助が憮然《ぶぜん》とした顔でいうと、男は仲間を振り返って、

「裏だ」

といって、廊下を引き返し、バタバタと階段を下りていった。

七

「出てまいれ」

菊之助がうながすと、松太郎がゴソゴソと押入れから出てきた。

「旅の人、かたじけない。どうにか助かったが、じつはもうひとりおれといっしょに追われている仲間がいる。手を貸してもらえないか」

松太郎は落ち着きなく、廊下側の障子を開けてのぞき、そして窓を少し開けて往還を見た。

「手を貸すのはやぶさかではないが、詳しいことを教えてくれぬか」

「話してる暇はないんだ。いまにも仲間が殺されるかもしれねえんだ。殺されたらあとの祭りだ。頼む。このとおりだ。表の様子を見てきてくれないか」

松太郎は畳に額をすりつけた。

「菊さん、この人のいうとおりかもしれません。手遅れにならないうちに見に行きましょう」

次郎がそういうので、菊之助は差料を引きよせて立ちあがった。

「頼みます」

菊之助はそのまま羽織も引っかけず、表に出た。

次郎も浴衣《ゆかた》に道中差というなりである。

冷え切った夜風が体に当たってきた。せっかく風呂に浸かり温まった体が、あっという間に冷えた。

騒ぎの声はどこにも聞こえない。男たちの姿も見えなかった。

菊之助は宿中《しゆくなか》のほうへ足を進めていった。鎌倉街道と甲州道中の交わるあたりに、高札場《こうさつば》があった。ここが札《ふだ》の辻《つじ》で、すぐそばに六所宮《ろくしよ》（大國魂《おおくにたま》神社）が黒い闇となっていた。境内の奥で梟《ふくろう》の声がする。

「菊さん、裏道では……」

次郎が横に並んで一方を見る。

菊之助は札の辻を右に折れて一本目の小道を見た。裏道には店の明かりもない。黒い闇があるだけだった。

引き返して、反対側の裏道を見た。やはり人影もなければ、声もない。

町屋となっている宿場の裏から先には、畑や野が広がっている。ところどころにある木立が、星明かりに浮かんでいる。

「表道に戻ったほうがよいだろう」

菊之助はそういって、表の往来に引き返した。そのまま草鞋《わらじ》を脱いでいる旅籠のほうへ引き返す。

「松太郎という人、女を攫われたといいましたね」

次郎が声をかけてくる。

「そんなことをいっていたな。女をめぐっての諍《いさか》いにしては、さっきの浪人たちは殺気立っていた」

しばらく行ったところで、急ぎ足で道を横切って行く影があった。

菊之助が足を止めると、脇道から四、五人の男たちが飛び出してきた。こちらは提灯を持っていたので、刀を差した侍だとわかった。

(あれか……)

菊之助は小走りになって、男たちを追いかけた。

「次郎、無理はするな。こんなことで怪我をしてはかなわぬ」

菊之助は忠告をして、男たちの消えた小道に入った。人影はなかった。

町屋の裏に行ったとき、一町ほど先の木立のなかに、提灯の明かりがちらちら見え隠れした。でこぼこした野路を辿《たど》っていくと、声が聞こえてきた。

「やめろ。おれはそんなつもりじゃなかったんだ」

「もうひとりはどこだ？　いえ」

　許しを請う声と、脅す声が聞こえた。

　一本の大きな欅《けやき》の下に男たちがいた。ひとりの男が欅の大木に背中を張りつけられている。その周囲を刀を抜いた浪人たちが取り巻いていた。

「いわねえか！」

　男が襟をつかまれて、ひとりに引きよせられた。脅す浪人の刀が大きく振りかざされている。

「何をしている」

　菊之助の声に、浪人たちが一斉に振り返った。四人である。

「た、助けてくれ」

　悲鳴じみた声を漏らした男が地面に這いつくばって逃げようとした。と、ひとりの男がその背中に太刀を浴びせようとした。だが、菊之助がとっさに投げた石塊《いしくれ》が男の刀を持った腕にあたり、斬ることはできなかった。

　石をぶつけられた浪人が、さっと菊之助を振り返った。

「てめえ、邪魔をしやがって。かまわねえ、そいつもたたっ斬れ！」

浪人たちが提灯を足許に置いて、菊之助に刀を向けてきた。

「斬り合うつもりはない。刀を引け」

「てめえ、何様のつもりだ」

ひとりが大上段に刀を振りかぶって撃ちかかってきた。

菊之助は一歩引き下がって、男の斬撃《ざんげき》をかわすと、即座に前に跳び、足払いをかけた。男はもんどり打って大地に倒れた。

それを見た他のひとりが横合いから撃ち込んできた。

菊之助は半身をひねってかわすと、襟をつかんで後ろに引き倒し、柄頭《つかがしら》を顎に叩きつけた。

「んごッ……」

「野郎、舐めた真似を」

菊之助はいきりたつ浪人にはかまわず、

「次郎、その男を逃がすんだ」

と、指図をして、右から袈裟懸《けさが》けに斬りに来た男の脾腹《ひばら》を撃ち叩いた。棟打《むねう》ちである。ドスッと、肉をたたく音と、蛙《かえる》を踏みつぶしたような声が重なった。

残りはひとりである。菊之助の腕がただならぬものとわかったのか、相手は不用意には近づいてこなかった。青眼《せいがん》に構え、間合いを詰めかねている。

次郎は脅された男を介抱していたが、どういうわけか、その男は立ちあがるなり、脱兎《だっと》のごとく駆け去ってしまった。

次郎が「待て」と追いかけようとしたが、相手の足は速かった。そのとき、菊之助と対峙《たいじ》していた男が、利き足で地を蹴り前に跳んできた。

菊之助は落ち着いて、相手の刀を左に打ち払ってかわした。

「くそッ……」

男はそう吐き捨てると、斬り合うのをあきらめ、そのまま背を向けて走り去った。先に倒されていた男たちも、顎や腹を押さえながら暗い夜道を引き返していった。

「菊さん、追わなくていいんですか？」

「やつらを訊問するより、宿に帰って松太郎という男に聞くほうが無難だ」

「なるほど」

菊之助は刀を鞘に納めると、浪人たちが置いていった提灯を拾って旅籠に帰った。

ところが、旅籠で待っているはずの松太郎の姿はなかった。

「菊さん、いませんよ」

次郎が菊之助を振り返った。

第三章　旧友

一

湯気の立つみそ汁と、炊きたての飯に海苔《のり》の佃煮《つくだに》、梅干しと納豆。それに沢《たく》庵《あん》数切れと、鶏卵が一個ついていた。

朝餉《あさげ》の膳は質素であるが、安宿にしてはましなおかずだった。

若い次郎は食欲旺盛で、がつがつ飯をかき込み、みそ汁をすすり、沢庵をポリポリと音をさせて食べる。見ていて気持ちよいほどだ。

菊之助が食事を終えて、茶に口をつけたところで、呼んでおいた旅籠の主がやってきた。

「主の勘兵衛《かんべえ》と申します。お話があるそうで……」

髷も結えぬほど禿《は》げた主は、きちんと手をついて頭を下げた。

「昨夜の騒ぎであるが、いったいどういうことなのだ？」

「どうと申されても、てまえどもには、詳しくはわからないことで……」

勘兵衛は奥歯に物が挟まったようなものいいをして、視線をそらした。

「何か知っているのであろう。わたしらの部屋に助けを求めに来た者がいれば、それを捜しに来た浪人たちがいた。尋常の騒ぎではなかった」

「そうだよ。おれたちゃ、いい迷惑をしたんだ」

みそ汁をすすり終えた次郎が、口をとがらせた。

「へえ、こんなことを申し上げて旅の方を脅かしてはなんだとは思うのですが、このところちょいと騒ぎが起きていまして……」

勘兵衛は他の客を気にして声を低める。

「他言はせぬ。申せ」

「はは、この宿場を仕切っている仏の禄蔵という親分がいます」

「博徒であるか」

「さようで。そして、もうひとり関戸《せきど》の是政《これまさ》という親分がいたんですが、その是政の親分が先ごろ、殺されたのです」

「誰に？　仏の禄蔵に……？」

ポリッと沢庵を噛んで、次郎が聞いた。

「禄蔵一家の者たちは自分たちではないと申します。すると、近ごろ宿場にやってきて暴れているという浪人たちではないかと……」

「昨夜逃げ込んできたのは、禄蔵一家の松太郎といった。すると追ってきた浪人たちがそうか？」

菊之助が聞いた。

「おそらくそうだと思いますが……。なにぶんにも、てまえどもはあのような方たちにはあまり近づきたくないものでして」

「そうであろうが、殺し合いが起きているなら穏やかではないな」

「そうではありますが、口を出せばどうなるかわかりませんので、おとなしくしているだけでございます。もっとも、仏の禄蔵親分はそう悪い方じゃありませんん」

「……ほう」

「まあ、子分には始末の悪いのもいますが、親分がいるおかげで、あまり大きな騒ぎは起きませんし、何かあれば頼れる人なので……」

「すると、浪人者たちが厄介者というわけか？」

「いえ、それもよくわからないことでして……ほんとでございます。詳しいことは何も知らないんでございますよ」

勘兵衛はまっすぐな目を向けてくる。どうやら言葉どおりらしい。

「とにかく物騒《ぶっそう》なことが起きたら、問屋場にいる名主《なぬし》に訴えることだ」

「へえ、ごもっともなことで……それにしても昨夜はご迷惑をおかけいたしました」

「主のせいではない。気にすることはない」

その日は、昨日と同じように薄曇りであった。

旅籠を出た菊之助と次郎は、府中にある六所宮の随神門《ずいじんもん》前をやり過ごして、往還に沿って足を進めた。

朝の宿場は各旅籠から送り出される客が目立ったが、軒を並べている商家の数も田舎にしては目をみはるものがある。

菓子屋、煙草《たばこ》屋、草履《ぞうり》屋、鍛冶《かじ》屋といった小店も少なくないが、米問屋に呉服商、小間物《こまもの》屋、畳問屋、瀬戸物屋に仏具屋などと江戸の町に引けを取らない。

交通の要衝であるから、人もそれだけ集まるのであろう。しかし、裏を返せば、いらぬ人間たちの出入りも多いということになる。

府中の騒ぎの火種はどうやら浪人たちにあるようだが、大方、無宿者か兇状《きょうじょう》持ちではないかと、柊屋勘兵衛はいった。

菊之助と次郎が宿場南のハケ下と呼ばれるところを過ぎると、畑地と野が広がっているだけになった。

遠くに見える山稜《さんりょう》はうっすらとした曇り空を背負っていた。

野良仕事をしている百姓が見られ、牛車や馬の背に荷を載せた馬子《まご》とすれ違った。

やがて、二人は多摩《たま》川に出て、そこで渡し舟を待った。かつては土橋《どばし》が渡されていたそうだが、いまは舟渡《ふなわたし》だけである。

待合所の粗末な小屋の床几《しょうぎ》に腰をかけた菊之助は、遠くに視線を向けて、みどりの一件はどうなっているだろうかと、気にかけた。

「うちの長屋に越してきたみどりさんだが、おまえはどう思う?」

不意の問いかけに、次郎はきょとんとした。

「おまえとあまり年も変わらない。いつまでも後家暮らしをするような年ではない。おまえが後釜《あとがま》になったらどうだ」

半分は冗談だった。

「なにいってんです。おいらのような男にあの人が来るわけがないでしょう」

「おまえはどうなのだ?」

菊之助は大真面目で聞くが、次郎は鼻の前で忙《せわ》しく手を振った。

「おいらには高嶺《たかね》の花ってもんです。それに、おいらの好みとは……」

「おまえの好みは菓子屋のお美代《みよ》か……ふふ……」

いわれた次郎はまっ赤になった。

「なんで、そんなことを……」

「噂は広まるものだ」

「ったく、よしてくださいよ」

照れた次郎は爪先で、地面をつんつんと蹴る。

「おまえは家に戻ればそれなりの暮らしができるはずだ。長男がいるから店を継ぐことはかなわずとも、番頭扱いぐらいはしてくれるだろう」

「なんだなんだ、親みてえなことといって。そりゃ、おふくろも親父も家に戻ってこいとはいいますが、おいらにはいまの暮らしが性《しょう》にあっているんです」

「いまのままでは生計はよくならぬ」

「……家に戻るのは、最後の手段です」

「最後の手段か……早いほうがいいのだがな」

船頭が舟を出すと声をかけてきたので、菊之助は立ちあがった。

多摩川を渡ってしばらくすれば、日野《ひの》宿である。

周囲の野や山を眺めながら歩くうちに、菊之助の脳裏に昔のことが甦ってきた。

二

「思い切ってはじめちゃいなさいな」

お志津はいつもの微笑を口許に浮かべて、みどりにお茶を差しだした。

「でも、夫の件がはっきりしないうちは、どうにも落ち着きません」

ふうと、お志津は肩を動かして、吐息をつき、そうねと応じる。

澤田周次郎の話は、みどりが手習所をはじめようという矢先のことである。当の本人でなくても、お志津にもその胸のうちはなんとなく察せられる。

急に日が出てきたらしく障子が明るくなり、あわい光がみどりのつややかな頬を包んだ。

「思いもしない話でしたから、いったいどうすればいいかわからないのです」

みどりはそういって、静かに茶に口をつけた。

「でも、間違いかもしれないでしょう。はっきり毒殺されたとわかっているわけではないのだから。みどりさん」

「はい」

みどりはうつむけていた顔をあげ、まぶしそうにお志津を見る。

「横山さんは、とても腕の立つ御番所《ごばんしょ》の同心です。あの人にまかせていれば、きっと真相がわかります。それに、澤田さんもお手伝いされているのです」

「…………」

「真相がどうであれ、あなたはやることをやるべきよ。せっかく手習所をはじめて、独り立ちしようと決めたのでしょう。気を揉んでいてもどうなるわけでもないのですから」

「でも、ほんとうに毒殺だったとしたら、わたしは仇を……」

「あなたに討てる？」

「それは……」

「もし、澤田さんのおっしゃったことがほんとうだったら、仇は天が討ってくれます」

「天が……」

みどりはきょとんとした目をお志津に向ける。

「御上《おかみ》がちゃんと裁いてくれます。あなたは静かに成り行きを見守っていればいいのです。何も悪いことをしているのではないのですから、堂々と明るく生きていけばいいのよ。亡くなったあなたのご主人も、きっとそうしてもらいたいと思ってらっしゃるわよ」

「……そうですね」

「そうよ、くよくよしていてもいいことなんてありはしないわ」

みどりの顔がさっとあがった。

「そうですね。お志津さんのおっしゃるとおりです。やはり、相談してよかった。お志津さんとお話しして、気が楽になりました」

そういったみどりの目は輝きを取り戻していた。

「その意気よ」

「真相がどうであれ、いまのわたしが変わるわけではないのですからね」

「そうよ」

「わたし、準備することにします。それに忙しくしているほうが気もまぎれると思いますから」

「わたしも手伝えることがあったら何でもするから、遠慮なくいって」

「はい」

みどりは白い歯を見せた。

三

そのころ、秀蔵は、五郎七と甚太郎、そして澤田周次郎を連れて、四谷南伊《みなみい》賀町《がまち》のとある路地にいた。その先の長屋に平松宋九郎の家があるのだ。

「五郎七、甚太郎、おまえたち二人は裏にまわれ」

指図された二人が腰の十手を抜いて、長屋の裏に回り込んだ。秀蔵は曇り空から顔を出した日をあおぎ、表情を引き締めて澤田を振り返った。

「澤田殿、ぬかりなく……」

声をかけられた澤田は、うむと、うなずいた。

秀蔵は宋九郎の家の戸口に立ち、

「平松殿はご在宅であろうか」

と、声をかけた。

返事はない。

「平松殿、おられぬか」

しんと、家のなかは静まったままだ。秀蔵はごめんと、一言声をかけて、がらりと戸を引き開けた。

とたん、秀蔵は眉間《みけん》に深いしわを刻んだ。

家のなかには誰もいなかったばかりか、調度《ちょうど》もなければ、着物もない。茶碗や皿はあるが、文字どおりのもぬけの殻《から》といってよかった。

「越したのか……」

秀蔵は背後を振り返った。澤田の落胆した顔があった。

「隣の者に聞きましょう」

そういって澤田が隣の家を訪ねた。

「平松さんでしたら、三日前でしたか、出ていかれました」

隣家の女房は前垂れのしわを伸ばしながら答えた。

「どこへ行ったか聞いておらぬか?」

「さあ……」

女房は首をかしげて言葉を足す。

「無愛想であまり長屋の人たちと話をするような人じゃなかったし、どこへ越されたのか……。大家さんならわかると思いますけど」

大家は同じ町内に住む文吉《ぶんきち》といった。年のわりに髪は豊かだが、総白髪《そうしらが》だった。

「えっ、そりゃまことのことで……」

大家の文吉は、宋九郎が越したのを知らなかった。

「それでは夜逃げか……」

秀蔵がつぶやくと、

「いえ、平松さんは三月先まで家賃を納めておられます。几帳面《きちようめん》な方だと感心していたのですが。いや、ほんとにいないのですか？」

と、文吉はまだ宋九郎が長屋を出ていったのを信じられない顔だ。

「たしかめればわかる。同じ長屋の者も、三日前に越していったといった」

「こりゃまたいったい、どういうことでしょう」

「それはこっちが聞きたいことだ。人別帳《にんべつちよう》はあるか？」

正式な人別帳は町名主《まちなぬし》が保管しているが、店子《たなこ》を預かる大家も住人を掌握していなければならないので、仮の人別帳を持っている。もっとも、これは雑な帳簿にすぎず、怠惰《たいだ》な大家は帳簿などつけていない。要するにあったとしても大ざっぱなものだ。

本来は人別帳には「出《で》人別帳」と「入《いり》人別帳」があり、誰がどこから転入してきて、誰がいつ転出していったかがわかるようになっているし、宗旨や家族構成、職業、親戚関係、請人《うけにん》との関係などが事細かに書かれている。

「平松宋九郎は独り身であったのか？　請人は望月誠太郎《もちづきせいたろう》……」

「望月さんですか……」

澤田が帳簿をのぞき込んでいう。

「ご存じで……」

「世話役です。わたしも望月さんにお世話いただいて相談などしておりますが、なかなか役は回ってきません」

小普請世話役とは小普請入りをした無役の者たちの、世話をする者をいう。

「請人の他にはなにも書いてないが……」

秀蔵は文吉を見た。

「あまりうるさく訊ねますといやがる人がいますし、はたして店借りをする者たちが正直なことを書いているとも思えません、その辺はまあ、鷹揚《おうよう》に……へえ。これで大家もなかなか大変な仕事でございまして……」

文吉はいいわけをするようにいって、頭の後ろをかいた。

結局、平松宋九郎の転出先は不明である。つまり、居所はわからないままということになる。

文吉の長屋を出た秀蔵は、四谷大道まで足を進め、目についた茶店の縁台に腰をおろした。小女が運んできた茶を黙って飲む。

但馬重兵衛夫婦を殺したと思われるのは、平松宋九郎だけである。いまのところ、他にあやしい人物は浮かんでいなかった。絵師になってからの重兵衛の交友関係は、小者の寛二郎と岡っ引きの吉松にまかせている。

「どうされます？」

澤田が顔を向けてきたが、秀蔵は遠くの空に視線を移しただけだ。

火の見櫓《やぐら》の上に一羽の鴉《からす》が止まっていた。

みどりの亭主・徳右衛門が死ぬ前に、宋九郎と飲んでいた居酒屋は、麴町五丁目にある〈臼屋《うす》〉という店だった。

徳右衛門が死亡する前のことを、店の者に聞いたが、半年前のことであるし、記憶は曖昧《あいまい》だった。また、徳右衛門が倒れたのは自宅の近くではあったが、仔細《しさい》に覚えている近隣の者もいなかった。

「騒ぎも何もありませんでしたし、あのお二人は日頃から仲がよろしかったので、口論もされていなかったはずです」

臼屋の主はそんなことをいった。

その言葉どおりであるなら、宋九郎が徳右衛門を殺したと考えるのは難しい。しかも毒殺となれば、なおわかりにくいことである。

問題は、重兵衛夫婦殺しであるが、やはり平松宋九郎を捜して訊問しないことには何も事は進まない。

「望月という世話役に澤田殿はお会いできますな」

「むろん」

「では、平松のことを訊ねていただけませんか。無駄になるかもしれませんが、ここは念を入れたいと思いますので……」

「それでわかりましたならば、いかがいたしましょうか？」

「南八丁堀に戻っています。いなければ、番屋のほうに居場所がわかるように言《こと》付《づ》けておきましょう」

「承知しました」

湯呑みを置いて立ちあがった秀蔵は、そのまま南八丁堀に足を向けた。さっき顔をのぞかせた日が、また雲に呑み込まれて、あたりがうす暗くなっていた。

お堀沿いの道を拾いながら、紀伊国《きのくに》坂を下る。

「殺されたかもしれない徳右衛門さんも、平松宋九郎も、そして絵師の鷗斎も元は御家人だったのですね」

鉤鼻《かぎばな》の五郎七が秀蔵の数歩うしろから話しかける。

「うむ」

「徳右衛門さんは三味線屋を、鷗斎さんは絵師に……。元手がそれなりにかかってるはずですね」

秀蔵は五郎七を振り返った。

何をいいたいのだと訝《いぶか》るが、言葉にはしなかった。

「すると、平松宋九郎も浪人になったときに、それなりの金を持っていたはずですね」

「むろん、そうであろう」

澤田を含めて、宋九郎も徳右衛門も、そして、鷗斎こと但馬重兵衛も抱席《かかえせき》の御家人だった。将軍綱吉《つなよし》の御世以降、大番組《おおばんぐみ》の与力や同心に、新たに採用された者を抱席といい、一代かぎりの奉公を原則とした。しかし、新規召《め》し抱《かか》えの形を取る者が多いので、半分は世襲《せしゅう》でもあるが、御家人株の売却ができた。

御徒《おかち》で五百両、与力で千両、同心で二百両がおおよその相場で、豪商や豪農などの武士身分を欲する金持ちと養子縁組の形を取って、金銭の授受が行われる。

「平松宋九郎の御家人株を買ったのはどんな人ですかね」

秀蔵はさっと、五郎七を見た。

「おめえもたまには、いいこといいやがる」

褒められた五郎七は、顔に似合わず照れ笑いをした。

「平松の株を買った者は、何か知っているかもしれぬ。よし、そのことを調べるのだ」

秀蔵は足を速めた。

四

菊之助と次郎が八王子宿に入ったのは、正午近くだった。

「その辺で腹ごしらえだ」

菊之助は久しぶりの郷里に、心なしか胸を高鳴らせていた。

町屋は昔と変わるところがない。野や山も同じで、往事が思い出された。

「菊さん、この宿場も府中と同じようににぎわっていますね」

宿外れの飯屋にはいってすぐ、次郎がものめずらしそうに櫺子格子《れんじごうし》の向こうを歩く人波を眺めて感心顔をする。

「この地からほうぼうに道がつながっているからな」

八王子宿からは、日光《にっこう》脇往還や佐野川《さのがわ》往還などが分岐していた。

菊之助はやってきた女に、

「手っ取り早くできるものならなんでもよい」

というと、女はにこりともせずに板場に下がっていった。

「けっ、愛想のない女だな」

次郎が吐き捨てて、

「それで、これからどうします？　新五郎の居所はすぐにはわからないでしょう」

と、菊之助に顔を向ける。

「考えていることがある。おまえに使いに走ってもらうことになるが……」

「何でもやりますよ」

「その前に申しわけないが、せっかくなので墓参りをしたい」

「近いんですか」

「ここからほどないところだ」

飯はうまくなかった。米はぱさぱさだし、煮物は醬油が利きすぎ、漬物は塩気が強すぎた。それでも次郎は、丼飯を頰張《ほおば》って、満足そうだった。

腹ごしらえをした菊之助は、往還の両側に建ち並ぶ商家や旅籠を横目に足を進めた。

宿場は横山《よこやま》宿と八日市《ようかいち》宿が中心で、新町《しんちよう》や八幡《はちまん》宿など十三組の町が加宿《かしゆく》となって、ひとつの宿場が成り立っている。八王子には以前城があり、その空気がいまだ残っていて、宿場の町割りも機能的である。

月に三度、市の立つ町屋を過ぎ、横山宿にはいった。

菊之助の胸がわずかに昂《たかぶ》った。この町の北側に神社があり、その門前にかつて菊之助が青年剣士だったころ汗を流した藤原《ふじわら》道場がある。

八王子千人《せんにん》同心の子として生まれた菊之助だが、仕官《しかん》できなかった。その代わりに剣術で身を立てようと思い、藤原道場で修行を積んでいた。

「おまえには天賦《てんぷ》の才がある。その腕をこのまま埋もれさせてしまうのは惜しい。師範代として、当道場で腕を磨き、天下の剣士になれ」

道場主の藤原又右衛門《またえもん》は、菊之助の腕を高く買い、またその才を認めていた。ついには八王子に、荒金菊之助の右に出る者はいないといわれるほどになった。

そうなると菊之助もますます腕に磨きをかけ、いずれは江戸に出て、名のある剣士らと一戦交えようと考えていた。

しかし、そのころ、又右衛門が娘を押しつけてきた。器量も容姿も並みで良くも悪くもなかったが、菊之助にはまだ嫁を取る気はなかった。その旨《むね》を告げても、又右衛門はあの手この手で娘を押しつけようとする。

そのことがほとほといやになり、道場を飛び出したのが、菊之助の新たな出発だったのである。

「次郎、この裏に藤原道場という剣術道場がある。神社の門前だからすぐわかるはずだ。もう少し先まで行くが、覚えておれ」

菊之助は立ち止まって、藤原道場のおおよその場所を教え、そのまま足を進めた。

宿場は東西に三十五町《ちょう》（約三・八キロ）あまりつづいている。その間に、小間物屋、菜種屋《なたね》、穀物屋《こくもつ》、太物問屋《ふともの》などの他に、造酒屋《つくり》、畳屋、鍛冶屋、菓子屋に団子屋などが並んでいる。旅籠もあれば、茶店や煮売り屋も少なくない。

高札場を過ぎて右に折れた菊之助は、大善寺《だいぜんじ》の前で、

「さっき申した道場に行き、田之倉《たのくら》という師範代に会い、大善寺門前の茶店でおれが待っていると伝えてくれ」

と次郎に指図した。

「その人がいなかったらどうします？」

「そのときは黒沼《くろぬま》という男がいる。これも師範代を務めているはずだ。その者に同じことを伝えてくれ。おれは墓参りをすましたら、そこの茶店にいる」

次郎が駆け去っていくと、菊之助は近くの店で線香と花を求めて境内に入った。

樹幹越しに、やわらかな冬の日が落ちてきた。

銀杏《いちょう》の葉や紅葉《もみじ》の赤い葉が石畳に散っていた。

石段を上り本堂の裏に行く。墓地はその先の小高い場所にあった。

八王子の宿場街が見下ろせ、野や畑の先に見える浅川《あさかわ》がきらきらと輝いている。

その向こうはなだらかな丘陵地で、西に御岳山《みたけさん》、その南に高尾山《たかおさん》につらなる山稜

が望める。

　幼かったころ菊之助は、眼前に広がる野山を駆けまわって遊んでいた。年に数度、江戸から遊びに来ていた秀蔵との思い出も少なくない。妙に馬が合うくせに、些細《ささい》なことで取っ組み合いの喧嘩《けんか》もすれば、冬山にはいって兎《うさぎ》を追ったこともある。

　夏になれば、浅川で水遊びをして魚を獲ったりした。まだ、あのころは邪気のない子供だった。

　そんなことを思うと、歳月の流れがいかに早いかを思い知らされる。

　秀蔵は父親の跡を継ぎ、町奉行所の同心になった。それも三十そこそこで臨時廻りになるという出世である。

　町奉行所の三廻り（定町《じょうまち》廻り・臨時廻り・隠密廻り）同心のほとんどは、年季と能力のある四十代ばかりであった。

　一方の菊之助は仕官することもできず、浪人身分で江戸に上り、結局は市井《しせい》にまぎれて研ぎ師を職にした。

　もっとも、そんな自分に悲観はしていないし、お志津というよき伴侶《はんりょ》に恵まれた。贅沢はできないが、暮らしに困ることはない。

平々凡々たる人生かもしれないが、自分にはそれで充分だと、菊之助は高望みすることがない。

両親の墓前に花を供え、線香をあげ、静かに瞑目《めいもく》して自分の近況を伝えた。林の奥から鳥たちの声がする。雉《きじ》や鵯《ひよどり》の声はいびつだが、熟柿《じゅくし》をついばみに来る目白《めじろ》たちのさえずりは清らかな感じだ。

墓参りをすませて、門前の茶店に落ち着いて、次郎の帰りを待った。表の往還と違い、裏道は人の通りも少なく、ひっそりとしている。茶を一杯も飲まないうちに、次郎が戻ってきた。ひとりではなかった。菊之助がその連れを見れば、

「きさま、生きておったのか」

そういって駆け寄ってきたのは、黒沼精一郎《せいいちろう》だった。

「精一郎」

菊之助は立ちあがって、笑みを浮かべた。

五

「忙しいところ呼び立てて申しわけない」

菊之助は精一郎に頭を下げた。

「なあに、気にすることはない。それにしても何年ぶりだ」

精一郎はしげしげと菊之助を眺め、そばの床几に腰をおろした。菊之助も隣に座る。

そのまましばらく近況を話し合った。

「ほう、江戸で研ぎ師を……おまえほどの腕のある者がもったいないのではないか」

「これでも楽しくやっているのだ。しかし、田之倉が道場を継ぐとは思わなかった。ひょっとしておれの代わりに……」

「いや、そうではない。師範のご息女《そくじょ》は早逝《そうせい》されてな。おまえが出奔《しゅっぽん》して二年ほどあとのことだ」

「……まさか」

菊之助は自分が気苦労をかけたせいではないかと危惧《きぐ》した。

「おまえのせいではない。肺を患《わずら》っていたのだ。気づくのが遅く、医者に診《み》てもらったときはもう手遅れだった。その代わりに、師範は田之倉を養子にされたのだ」

「……そうであったか。それで師範は？」

「師範も亡くなられた。四年前のことだ」

菊之助はふっと、吐息をついて遠くの山に目を向けた。

冬日に照らされた山は、赤や黄色に色づいており、燃えるようにきれいだった。

師範であり、道場主だった又右衛門には、よい指導を受けた。腕があがったのも又右衛門がいたからだ。瞼《まぶた》の裏に往年の又右衛門の姿が浮かんだ。

「さっき、そこの次郎殿に聞いたが、人を捜しているそうだな」

精一郎は次郎を見て、菊之助に顔を向けた。

「うむ。おれの従兄弟に秀蔵というのがいたであろう」

「町奉行所の同心の倅《せがれ》だったな。元気か？」

「いまじゃ、やり手の臨時廻り同心だ」

「それは大変な出世ではないか」

「あやつの頼みで来たのだが、ある料理屋に押し入り、主夫婦と娘を殺したうえ、金六十両を盗んで逃げた男がいる。そやつが八王子にいるという話が浮かんだのだ」

「名は？」

「野火の新五郎という。元は侍で博徒崩れらしい」

菊之助は新五郎の人相を話してから、用件にはいった。

「なぜ、八王子に逃げたのかわからぬが、どうせよからぬ連中とつるんでいると思われる。探りを入れたいのだが、どこをあたればよいか、教えてくれないか」

「野火の新五郎……」

精一郎はつぶやきを漏らして、しばらく考える目になった。

茶を口に含み、何度かうなる。

「関わっているかどうかはわからぬが、仕置場《しおきば》の研兵衛《けんべえ》一家をあたったらどうだろう」

「まだ、あの一家は健在なのか」

菊之助も知っている八王子の博徒一家だった。

しかし、親分の研兵衛はおそらく齢《よわい》六十は過ぎているはずだ。研兵衛は絹の仲買や蠟《ろう》問屋もやっている。

「結束が固いから他の博徒も縄張りを荒らすことはできない。小競《こぜ》り合《あ》いはあるようだが、あの博徒がいるおかげで、八王子はわりと平穏だ」

「じかに研兵衛親分には会えぬだろうな。もっとも、会って話をするつもりはないが……」

「子分らは丸に研と書かれた半纏を着ている。すぐに見分けはつくはずだ。それから、今夜はどうする。宿は取ったのか？」

「いや、これからだ」

「だったら、うちに来い。部屋はいくつもあるから心配はいらぬ。嫁を紹介するし、狸汁《たぬきじる》でもつつこうではないか」

「迷惑ではないか」

「なにが迷惑なものか。おれは夕刻には家に戻っている」

「すまぬな。では遠慮なく邪魔をさせてもらおう」

「またあとで……」

精一郎はそのまま道場に戻っていった。

「菊さん、こっちに来るときに黒沼さんに聞きましたよ。ほんとうは道場を継ぐのは菊さんだったかもしれないと」

「昔のことだ」

「それに、八王子では菊さんに敵《かな》う者はいなかったって……」

「それも昔のことだが、大袈裟だ。わたしより練達《れんたつ》の者はいくらでもいた。それより、仕置場の研兵衛一家の様子を見に行こう」

研兵衛一家は新町にあるので、二人は来た道を戻ることになった。

宿の入口には大木が七、八本立っており、そばに稲荷《いなり》社が祀《まつ》られている。その近くに昔、仕置場があり、研兵衛一家があった。

腕木《うでぎ》門を構え、周囲は黒板塀《くろいたべい》で囲ってある。敷地は八百坪ほどだ。屋敷はひっそりしているが、門から見える玄関口に三人の若者がたむろしていた。

精一郎がいったように、丸に研と背中に染め抜かれた半纏を羽織っていた。

「どうするんです？」

屋敷を素通りして次郎が聞く。

「もし、野火の新五郎が一家に草鞋《わらじ》を脱いでいれば、下手に探りは入れられない。だが、子分たちのなかには、口の軽いのが必ずひとりや二人はいる。そういう者を捜そう」

菊之助と次郎は宿場を流し歩いた。旅人も目立つが、土地の買い物客も多い。

途中で、問屋場に立ち寄り、秀蔵が先に出していた書状のことを訊ねると、

「へえ、ちゃんと届いております。それに旅籠の件も承っております」

と、愛想のいい年寄りが茶をもてなしてくれた。

しかし、新五郎については、まったくわからないという。問屋場詰めの他の役人たちにも年寄りは聞いてくれたが、心あたりのある者はいなかった。

「それで旅籠のほうはどうなさいますか？　当方でお世話するのはいっこうにかまいませんが……」

「いや、今夜の宿はすでに取ってしまった。気を遣わせてかたじけない」

菊之助は礼をいって問屋場を出た。

日が傾くと、侍の姿が目立ってきた。八王子千人同心である。

これは郷士《ごうし》の集団で、菊之助の亡父もそうであった。半農半士の身分ゆえに、千人同心に取り立てられるのは、ある意味で出世と言えたが、亡父は日光に派遣され、些細なしくじりを起こしてしまった。

そんな経緯があったので、菊之助の仕官が難しくなったのだ。

千人同心は槍《やり》奉行の支配下に置かれ、一組百人が十組ある。千人頭《せんにんがしら》には、二

百石から五百石の知行地《ちぎょうち》が、十人いる組頭は三十俵一人扶持が与えられていた。

その役目は、甲州《こうしゅう》との国境警備と治安維持や江戸防衛の任である。

また、組頭や年寄り同心には知識人が多く、地方文化や産業の発達にも寄与している。

菊之助と次郎は数軒の茶店に立ち寄り、聞き耳を立てた。研兵衛一家の子分を見たからであるが、野火の新五郎や客人の話などは出なかった。

山の端が沈み込む日に白く縁取られたころ、菊之助は八幡宿にある黒沼精一郎の家に向かった。

背後に異様な視線を感じたのは、高札場の前を過ぎたときだ。だが、菊之助は何食わぬ顔で歩いた。

往来の中央には水路が流れていて、清らかなせせらぎの音がする。その脇を大八車や馬子が通ってゆく。

百姓もいれば棒手振や二本差しの侍もいる。旅籠の前では女の奉公人たちが、通りゆく者たちにさかんに声をかけていた。

菊之助は八幡宿に入って、背中に感じる視線が強くなったのを感じた。

(誰だ? 仕置場の研兵衛の子分か……)

尾《っ》けられることに心あたりがないわけではない。最後に立ち寄った茶店で、子分のひとりと何度か視線がぶつかったのだ。

「次郎、後ろを見るな。尾けてくる者がいる」

菊之助は次郎に注意を与えて、先の脇道に入った。

左側に石垣がつづき、右は寺の塀だった。狭い道で人影が少ない。道の先はゆるやかに湾曲《わんきょく》しており、まばらに葉をつけた柿の木が数本立っていた。

鴉が、鳴き声をあげて、どこかへ飛んでいったとき、

「おい、待て」

と、野太い声がかかった。

六

相手は三人だった。

揃いの半纏に膝切りの着物の襟を大きく開いている。

「さっきの店で、いやにおれたちのことを気にしていたようだな」

体の大きな男が詰め寄ってきた。まるで岩のように頑丈な体つきだ。腕っ節《ぷし》に

自信があるのだろう、目つきに余裕がある。

「気のせいであろう」

「旅の侍かい」

「……そうだ」

一瞬迷ったが、菊之助はそう答えた。

「妙な真似をするんじゃねえぜ」

「そんなつもりはない」

男はぺろっと人さし指を舐めて、次郎をにらみ、それから菊之助に思案げな目を向けた。

他の二人も剣呑《けんのん》な目つきでにらんでくる。

「これからどこへ行くつもりだ?」

さらに大男が間合いを詰めてきた。

次郎は相手でないと思っているのか、見向きもしない。

「知り合いの家だ。つかぬことを訊ねるが、おぬしらの一家に客人が来ていないか」

大男は眉間にしわを彫り、訝しそうに目を細めた。顎をさすり、また間合いを詰めてきた。

「おれたちのことを知っているのか。おもしれえ。知りたけりゃ聞き賃をよこしな。それから通り賃もだ」

「たかりをするつもりか？」

「そうじゃねえさ。聞き賃と通り賃をもらうだけだ」

「断る」

菊之助がきっぱりいった瞬間だった。いきなり大男が懐の匕首《あいくち》を抜いて斬りかかってきた。他の二人も、息を揃えたように匕首を抜き、次郎に飛びかかった。

菊之助は軽く後じさってかわした。次郎も足払いをかけてひとりを倒すと、道中差を抜いて、

「舐めンじゃねえぜ！」

と、いつもの決まり文句を吐いた。

最初の一撃をかわされた大男は顔を紅潮させ、目をぎらつかせて、匕首を振りまわした。右へ左へと菊之助は体をひねってかわし、体ごと突きを送り込んできた大男を右にかわすなり、後ろ首に手刀を打ちつけ、ついで後ろ襟をつかんで仰向けに倒した。

その一瞬の後、菊之助は目にも止まらぬ速さで愛刀を鞘走らせて、大男の喉元に刃をぴたりとつけた。

大男の体が凍りついた。

ゴクッと喉を鳴らして、表情を強《こわ》ばらせる。その間に、次郎は相手をしていた男の手を後ろにひねりあげて、押さえ込んでいた。

「おまえたちにやる駄賃はこれだ。下手ないいがかりをつけてくれば、怪我をするということを覚えておけ」

菊之助は醒めた顔で大男を見下ろして諭《さと》した。

「わかったか」

大男は顔を強ばらせたままうなずいた。さっきの威勢はどこへやらである。

「もう一度訊ねる。一家に客人は来ていないか？」

「そ、そんなこと聞いてどうする？」

「答えろ」

「……誰も来てねえ」

菊之助はじっと大男の目を凝視した。嘘をいっているようではない。

「これで勘弁してやる。命拾いをしたと思うがよい」

菊之助が刀を引き、鞘に納めると、大男は冷や汗まじりの顔でゆっくり立ちあがり、仲間をうながしてこそこそと帰っていった。

「騒ぎになりはしませんかね」

次郎が心配したが、

「やつらはとんだ恥をかいただけだ。自分の恥を仲間にいいはしないだろう。気にすることはない」

と、取りあわなかった。

小半刻《こはんとき》（三十分）後――。

菊之助と次郎は精一郎の家で、夕餉を馳走になっていた。

居間には炉《ろ》が切ってあり、大鍋で狸汁が湯気を立てていた。狸の肉が浮かぶ鍋には、大根と牛蒡《ごぼう》、油で炒めたちぎり蒟蒻《こんにゃく》がはいっている。江戸市中ではめったに食べられない、田舎ならではの料理であった。

だしは大蒜《にんにく》と酒と塩で作ってあるだけだ。簡素ながら、肉の脂と汁が溶け合って、体がよく温まった。狸は近所の猟師の罠《わな》にかかったという。

それはさておき、菊之助が驚いたのは、精一郎の妻だった。妻はなんと、菊之助の近所に住んでいたお初《はつ》という年下の女だった。

「次郎殿、こやつが包丁研ぎをしていると聞いて驚いたが、昔は剣の達人だったのだ。おれなどは十本やって一本取れればよいほうだった。それが、嫁を押しつけられそうになって逃げおってな」

ワハハハと、精一郎は楽しそうに笑う。酒が入った精一郎は昔に比べて饒舌《じょうぜつ》だったが、菊之助も久しぶりに気が緩《ゆる》み、酒が進んだ。

それに、お初と会うのもなつかしく、

「おまえさんの洟垂《はなた》れも大人になったのだから、もう直っているのだろうな」

と、冗談が飛びだす。

「菊さん、よしてくださいよ」

お初は菊之助の尻を叩く。

「いやいや、寝小便をしたとはいっておらぬ。あれはもう昔の話だ。それとも……」

「もう、なんてこと言うんです。おまえさん、何かいっておくれましよ」

「なに、おまえ。寝小便をしていたのか、それは知らなかった」

精一郎も口を合わせるから、お初はぷんぷんとむくれ顔になる。

「おお、その顔だ。なつかしいな。おまえさんは機嫌を損ねるといつもそういうふくれっ面をしたもんだ。なんだ、子供のころと変わらぬではないか」

菊之助はいつになく口さがない。

「次郎さん、こんな人たちのことは放っておいてくださいな。冗談ばかりなんだから。さ、どうぞ。あとで松茸汁とご飯をあげますからね」

お初は次郎に酌をしてもてなす。

そこへ、菊之助がまたもや茶々を入れる。

「お初、冗談はさておき、おまえさんは子供を作るのが上手なのだな。そのような才があるとは思わなかった」

「まっ……」

お初はキッと目を厳しくして菊之助をにらむ。それでも互いに悪気がないことがわかっているので、すぐに笑いが起きた。

奥の座敷で、精一郎の子供が三人遊んでいた。

「そうだ、忘れるところだった。じつは田之倉にも声をかけたのだが、子供が熱を出しているそうなので、看病しなければならず、残念だといっていた。もし、明日でも暇があれば道場を訪ねてほしいということだ」

精一郎が真顔になっていう。

「うむ、せっかくだから、やつの顔も拝んでいこう」

「顔を見せるだけでも喜ぶさ」

精一郎が応じたとき、戸口に「こんばんは」という声があった。すぐにお初が立って行き、戻ってきた。

「おまえさん、道場の人だよ」

「通せ」

やってきたのは藤原道場で下ばたらきをしている、朝吉《あさきち》という中年男だった。

精一郎の前に来るとかしこまって、菊之助と次郎に挨拶《あいさつ》をした。

「こやつは昔は悪党でな。どうにか心を入れ替えて、真面目に道場ではたらいているんだが、裏の事情に詳しいのだ」

精一郎にいわれた朝吉は、へえと、ばつが悪そうに頭を下げる。

「それで何かわかったのか？」

「へえ、ちょいと探ってみましたら、その新五郎という男に似た者がいました」

狸汁をすすっていた菊之助は、とたんに汁椀を置いた。

「申せ」

「北野《きたの》という紺屋《こうや》の裏に、江戸から戻ってきたお豊《とよ》という女がいます」

「あの女なら知っている。ちょいちょい男を家に引き込んでいるらしいな」

「そのお豊の家に、先生のおっしゃった男に似た者が出入りしているそうなんで……」

「いまもいるのか？」

「それはわかりませんが……」

朝吉は菊之助と次郎を見て、精一郎に顔を戻した。

そばで話を聞いていた菊之助は、野火の新五郎に違いないと思った。お豊という女が江戸から戻ってきたともいっているのだ。

「菊之助、いかがする？」

精一郎が菊之助を見た。

「いまから行ってたしかめてみたい」

「酒を過ごしてはおらぬか？」

「これしきのこと、なんでもない」

菊之助は差料をつかんだ。

七

お豊の住まいは、八日市宿の表通りから、一本裏にはいった通りにあった。甲州道中と並行して走る狭い道だ。

「新五郎がいたら、いかがする」

お豊の家のそばまでやってきて、精一郎が訊ねた。

「取り押さえるだけだ。あとは人足を雇って江戸に連れ帰る」

「相手は人殺しだ。気をつけろ」

「わかっている」

菊之助はそのままお豊の家の戸口に立った。二階家である。

二階は暗いが、戸口の向こうの一階には明かりがある。お豊はいるはずだ。

「お頼み申す」

菊之助は戸をたたいて声をかけ、次郎と精一郎を振り返り、満天の星空を見あげる。しばらくの間を置いて、

「誰だい？」

と、ややしわがれた声が返ってきた。

「お豊さんの家はこちらだね。荒金と申すが、話がある」

「どこの荒金さんだね。仕置場の仲間だったら御免蒙《こうむ》るよ。あたしには話はないよ」

こちらに来るとき、お豊が再三、仕置場の研兵衛一家に脅されているという話を聞いていた。宿場女郎《じょろう》を牛耳《ぎゅうじ》っているのは研兵衛一家で、許しを得ずに勝手に男を引き込んでいるのが目に余っているようなのだ。

「そうではない。旅の者だ。嘘ではない」

「あたしゃ、約束した者でなきゃ会わないんだよ。帰っておくれ」

「江戸から来たんだ」

菊之助は冷たくなった両手に、息を吹きかけた。

「江戸から……」

お豊は声を返してから、戸口に近づいてきて、戸板の向こうから嘘じゃないだろうねと念押しした。

「嘘ではない」

心張《しんば》り棒が外されて、戸口が開いた。

色白の美人である。それに、なんとも艶《あで》やかな打ち掛けを羽織っている。打ち掛けは羽織っているだけで、下は胴と袖半分が赤地の胴抜きだ。吉原《よしわら》の花魁《おいらん》も顔負けの衣装である。ただし、三十路《みそじ》を越えた大年増《おおどしま》らしく、目尻のしわが目立った。

「ちょいと訊ねたいことがあるんだ。なかへ入れてくれるか？」

「ああ、空っ風を吹き込まれちゃ風邪をひいちまうよ。連れもいっしょかい？」

お豊は蓮《はす》っ葉《ぱ》なものいいをして、次郎と精一郎を見た。

「話はすぐすむ」

「じゃ、入んな」

相手が侍だろうが、お構いなしの口調である。

居間にあがり、火鉢を挟んで向かい合った。

お豊はときおり、色目を使い、長い銀煙管《ギセル》を吹かした。

「話ってのはなんだい？」

菊之助は居間にあがるときに、男物の履物がないか、部屋に男物の着物がないかをとっさに観察していた。が、そんなものはなかった。

「野火の新五郎という男に会いたいのだ」

とたんに、お豊の顔つきが変わった。

煙管の雁首《がんくび》を火鉢の縁に打ちつけ、灰を落とす。

「どういうわけだい？」

知っている口調だった。

「おまえさんと新五郎がどんな仲なのか知らぬが、あやつは人殺しだ」

そういってもお豊は驚きもしなかった。

「あの男なら、やりかねないだろうね」

「ここに来たという話を耳にしたのだが、どうだ？」

「ああ、来たよ。あたしを追いかけて来たのさ。……未練たらしい男だ。もっとも一時《いっとき》はいい思いをさせてもらったし、この打ち掛けもあの人の贈り物だから、無下《むげ》にはしなかったけど……」

「いまはいないのか？」

「あたしゃあの男と添うつもりはないけど、向こうは勝手にあたしを女房にするといっている。いやだ、だめだといっても聞きわけのない男でね」

お豊は菊之助の問いかけには答えず、勝手なことをしゃべる。

「それで、いまはどこにいる？」

「府中だよ。なんでも府中でひとはたらきして、あたしに贅沢三昧《ざんまい》の暮らしをさせるから待ってろって、ふいと出ていったのが四日前だ」

菊之助はじっとお豊を見た。

新五郎と府中ですれ違っていることになる。

「府中のどこにいるか知らないか？」

「そんなことはあたしの知ったこっちゃないよ。あの男のいうことは、どこまでがほんとうでどこからが嘘だかわからないからね。よく、ここを嗅ぎつけたもんだとあきれていたんだよ」

「新五郎は、ここに帰ってくるのだな？」

「いつかわからないけど、帰ってくるだろうよ。だけどあたしゃ、もうそのころはいないよ。二、三日うちに、この宿場を出ることにした。仕置場の連中がうるさくてしかたないんだよ」

お豊がそういって、煙管に新しい刻みを詰めようとしたとき、戸口がどんどんと激しく叩かれた。ついで、荒々しい声が重なった。

「おい、お豊。ここを開けな。開けねえと、蹴破っちまうからな」

「けっ、噂をすれば何とやらだ」

お豊はそう愚痴ってから、

「出て行くといってんだから、こんな夜更けに来ることはないだろ。あたしゃおとなしくしていると、そう親分に伝えておくれよ」

「おう、伝えてやるが、今夜は掛け取りだ。開けろ！」

「客がいるんだよ」

「なんだと！　ふざけるんじゃねえ！」

怒鳴り声と同時に、戸口がほんとうに蹴破られた。

バリンという音が家中にひびき、五人の男が雪崩《なだれ》を打って押し入ってきた。

第四章　禄蔵一家

一

目をぎらつかせた男たちは、土間に立つと、菊之助たちをちらりと見ただけで、お豊をにらみ据えた。

「よお、お豊。なんべん催促《さいそく》すりゃわかるんだ。約束は今日のはずだった。それが待てど暮らせど来やしねえ。どういうつもりだ」

色白で唇がやけに赤い男だった。目は剃刀《かみそり》のように鋭い。

他の仲間が壊した戸をなおしている。

「いま、行こうと思っていたんだよ。ご覧の通りお客が来てるじゃないか。追い返すわけにもいかないだろ」

「だったら客には帰ってもらおう。お客さんよ、この女を買うんだったら今夜はやめにするんだ。お豊はおれたちと大事な話があるんでよ」

「何のことだかわからぬが、お豊を買いに来たのではない。おれたちにも話があるんだ」

菊之助は男を見ていった。

「それじゃ明日にすることだ。おれたちゃ急ぎの話をしなきゃならねえ」

「無礼なことを申すやつだ」

「なんだと。おい、おりゃあ、仕置場の小五郎《こごろう》という。この辺じゃちったあ名の知れた男だ。おとなしくいうこと聞いて出て行ってくれ」

「お豊に手荒なことをするんじゃないだろうな」

「話し合いだよ。あんたらには用はねえんだ。今夜はこの女とケジメをつけなきゃならねえんだよ」

「菊之助、帰るか」

そういった精一郎を、菊之助と次郎は驚いたように見た。

「もう話はすんだ。この男たちの邪魔をすることもないだろう」

「精一郎、しかし……」

「いいから、帰ろう」

「おう、話がわかるじゃねえか。お客さんよ、すまねえな」

小五郎が小さく頭を下げた。

「手荒なことをするんじゃないぞ」

菊之助は一言いって腰をあげた。そのままおとなしく表に出る。

外はさっきより冷え込みが厳しくなっていた。

次郎が提灯に火を入れた。

「精一郎、いいのか?」

菊之助は戸口を振り返った。

「よくはないさ。様子を見よう。あの連中がおれの顔を知っているかどうか、それを試しただけだ。知っていれば、あとあと面倒だが、どうやらおれのことは知らないようだ」

精一郎は道場への迷惑を考えたようだ。

三人はそのまま家のなかでの話し合いに耳をすました。荒っぽい声は聞こえない。おとなしく話をしているようだ。

木枯らしが周囲の木々を揺らしていた。

落ち葉がカサカサ音を立てている。

「……五十疋《ぴき》だといってんだ！」

突然、大声が漏れてきた。小五郎だ。

「どうして五十疋なんだい、冗談じゃないよ」

お豊がいい返した。

五十疋とは、五百文になる。

「てめえは軽く五十人はくわえ込んでる。それもひとり一分《ぶ》だっていうじゃねえか。おれたちに話も通さず、勝手にやっちゃならねえんだよ」

「町方じゃあるまいし、妙な因縁をつけないでおくれ」

「うるせー！」

バチンという音がした。

つづいて、お豊の悲鳴があがり、倒れる音がした。

「痛いじゃないのさ！　なにすんだい！　放せ！　イタタタ……」

菊之助は精一郎と顔を見合わせた。

怒鳴り声とお豊の悲鳴がつづいている。

菊之助と精一郎はどちらからともなくうなずきあうと、戸口を引き開けた。

とたんに、男たちの視線が飛んできた。

お豊は小五郎ともうひとりの仲間に押さえつけられていた。打ち掛けが乱れ、着物の裾がしどけなく割れて、むっちりした太腿がさらされていた。

「大の男がよってたかって、か弱い女をいじめてどうする」

菊之助が敷居をまたいでいった。

「なんだおめえら、また戻ってきたのか。この女を買いたいんだったら出なおすことだ。おい、追い返せ」

小五郎が仲間に指図すると、二人の男が菊之助のそばに来て、胸を突こうとした。菊之助はその手をつかみ取り、軽くひねった。

「痛ッ。てめえ」

小手をひねられた相手は牙を剝《む》くような顔をしたが、菊之助はかまわずに、

「今夜はおれたちの話が先だ。お豊を放すんだ」

と、小五郎を見据えた。

「野郎、おれたちが仕置場の人間だと知っていってんだろうな。侍だからって遠慮はしねえぜ」

「そのようだな。だが、今夜帰るのはおまえたちが先のようだ。さあ、お豊を放

して帰るんだ。話は明日にでもすることだ」

「このッ……。おい、そいつらを追い出せ！」

小五郎が吠えるようにわめくと、二人の男が詰め寄ってきた。菊之助は小手をひねっていた男を土間に突き倒した。

それを見た他の二人が、いきなり腰の長脇差《ながどす》を抜いた。

「斬り合うつもりか」

菊之助はジリッと後ろにさがった。

そばにいた精一郎も戸口の外に出た。

「遠慮することたあねえ！　おれたちに逆らえば、どうなるか思い知らせてやるんだ！」

お豊を押さえ込んだまま小五郎がわめく。

お豊は放せ放せと、手足をばたつかせていた。

菊之助は戸口の外に出た。家のなかより、外のほうが相手をしやすい。

「おまえたち、刀を引け。さもなくば怪我をすることになる」

菊之助は注意を与えるが、詰め寄ってくる二人の男は、獰猛《どうもう》な犬のような目をしていた。

「怪我するのは、てめえらだ」

いきなり右の男が斬りかかってきた。

菊之助は右にかわして、刀を鞘走らせた。直後、左にいた男が突きを送り込んできた。その刀を、精一郎が撥《は》ねあげた。

菊之助にかわされた男は肩を怒らせ、下からすくいあげるように刀を振り、振りあげた刀を大上段から振り下ろしてくる。

菊之助は下がりながらかわし、相手が胴を抜きに来たとき、右足を大きく踏み込むなり、相手の刀を左に払い、ついで鐺《こじり》で顎を打ち砕いた。

「ごふぇ……」

男は大きくのけぞって、後ろに倒れた。

そのとき、精一郎は相手の太腿を斬り下げていた。

「ぎゃあー」

太腿を斬られた男は地面を転げまわった。

その悲鳴を聞いた小五郎が、戸口から飛びだしてきた。

「てめえら……」

禍々《まがまが》しい目には殺気があった。

ぎらせている。

「次郎、手出し無用だ」

菊之助は次郎に注意を促した。

小五郎につづいて二人の男が脇に立った。いずれも長脇差を構え、殺気をみなぎらせている。

小五郎が突進してきた。菊之助は一歩下がって、小五郎の刀をすりあげて、横に払った。小五郎は体を泳がせたが、すぐに体勢を整え、足を払い斬りに来た。流派にこだわらない喧嘩殺法だが、侮《あなど》れない俊敏さである。

精一郎は、脇構えから撃ちかかってきた男の足を払うなり、後ろ肩に一撃を見舞い、ひとりを倒していた。

もうひとりは、菊之助の隙を窺いながら背後に回り込もうとしている。

小五郎が地面につばを吐いて、

「この野郎。生かしちゃおかねえ」

と、腹の底から声をしぼり出して、袈裟懸けに斬りに来た。右左、左右と、忙しく刀を振りまわしてくる。

菊之助は半身をひねってかわし、数歩後退した。

「菊さん！」

次郎の悲鳴じみた声がしたが、菊之助にはわかっていた。背後にまわりこんだ男が、背中に一太刀浴びせようとしたのだ。

だが、それは精一郎が防ぎ、手首を斬り飛ばしていた。

「ぎゃあー」

悲鳴と同時に、切断された手首が、ぼとりと音を立てて地に落ちた。

小五郎が刀を腰だめにして菊之助に突進してきたのは、そのときだった。体ごとぶつかってくる勢いである。自滅覚悟の必殺技といえた。その度胸には敬服するが、菊之助はさっと体をひねってかわすと、すり足を使って小五郎に肉薄し、そのまま腰間から愛刀・藤源次助眞を振りあげた。

小五郎の刀が宙を舞って地に落ちた。虚をつかれ、刀を失った小五郎は呆気《あっけ》に取られた顔で、細い目を見開いていた。

直後、菊之助の愛刀が唐竹《からたけ》割りに振り下ろされた。

小五郎が悲鳴じみた声を漏らして、腰を低めると、菊之助は素早く水平に刀を振った。さらに、その刃をぴたりと小五郎の首にあてた。

ギョッと、小五郎の全身が硬直した。そのまま体を直立させたのだが、はらはらっと帯がほどけ、髷がポトリと足許に落ち、髪がばさりと乱れた。

それでも小五郎は身動きできずにいた。

帯をなくした着物が風にめくられ、褌《ふんどし》がさらされた。

「去《い》ねッ」

菊之助は顔色を失っている小五郎を見据えていった。

「あわわわ……」

小五郎は言葉にならない声を発して、ふらふらと後ろにさがると、着物をかき合わせ、ざんばら髪になった頭を押さえて、

「逃げるんだ」

といって、仲間を置き去りにして駆けだした。太腿を斬られたり、手首を失った男たちもあとを追って闇のなかに消えていった。

二

夜明けを知らせる早起きの鳥たちのさえずりが高くなっていた。

玄関から表に出た菊之助は、ふっと白い息を吐いた。

まだ夜の闇は去っておらず、あたりには霧が漂っていた。

そのせいで周辺の山も見えない。

「これを……」

追いかけるようにして家のなかから出てきたお初が、菊之助ににぎり飯の包みを渡した。

「かたじけない。それに世話になったな」

「いえ、また遊びに来てください」

お初は淋しそうな顔を菊之助に向け、それから次郎とお豊を見た。

「宿場を出るまでは気をつけてくださいよ。仕置場の連中はしつこいですから……」

「うむ。お初、いい女房になったな。では、精一郎。これで……」

菊之助がいうのへ、

「表まで送っていく」

と、精一郎が遮った。

「無理はしなくてもいい」

「そこまでだ」

菊之助は何もいわずに表通りに向かった。

立ち込めている霧はしばらく晴れる様子がない。

「精一郎、おまえは大丈夫であろうな。やつらはおまえの顔を見ている」

「心配には及ばぬ。おれがどこの何者かやつらは知らないし、もし知ったとしても下手な手出しはしてこないはずだ」

「なぜ、そうだといえる?」

菊之助は歩きながら精一郎を眺めた。

「仕置場の研兵衛には二人の倅がいる。その二人は藤原道場の門弟だ。そのために研兵衛も、道場の者たちには目をかけているし、話のわかる男だ」

「親分がそうでも、子分たちは違うだろう」

「気を回さずともよい。おれのほうは大丈夫だ。余計な心配は無用だ」

精一郎は自信ありげにいう。

菊之助はもうそのことには触れないことにした。昔からぬかりない男である。

何かいい知恵があるのだろう。

往還に人気《ひとけ》はなかった。旅籠も商家もひっそりとしている。

「では、ここで……」

高札場のそばで、精一郎が立ち止まった。

「田之倉にもよろしく伝えてくれ。会えなくて残念がっていたと」

「うむ。よくいっておく。おまえも道中気をつけるのだ。次郎殿、菊之助の教えをよく聞くことだ」

「へえ、わかっております。それにしてもお世話になりました」

次郎はぺこりと頭を下げる。

「お豊、どこへ行くつもりか知らぬが、しばらくは八王子には戻ってくるな。それがそなたの身のためだ」

「あんな連中がいるんじゃ、戻ってくる気にもなりませんよ」

お豊は御高祖頭巾《おこそずきん》を被っていた。着物も地味な縞木綿《しまもめん》に着替えている。荷物は背負っている風呂敷包みひとつである。

精一郎と別れた菊之助たちは、やがて宿場を出た。

野や畑にはまだ薄い霧が漂っている。

「それにしても悔しいったらありゃしない」

宿場を離れてからお豊が吐き捨てるようにいった。それが引き金になったのか、いきなり愚痴をこぼしはじめた。

客ひとりにつき、五十疋支払えだなんてとんでもないいい掛かりだ。やつらのせいで客が逃げたんだから、弁償金がほしいくらいだ。いちいち地回《じまわ》りに挨拶して仕事ができるかってんだ。家具も揃えたのに、そのまま置いてきちまった。八王子なんてとんでもない田舎だ。生まれ故郷だから戻ってきたのに、もう二度と戻るものか。

菊之助と次郎は、お豊の愚痴を黙って聞き流していた。

「菊之助さんさ」

お豊は馴れ馴れしく声をかけてくる。

「こういっちゃなんだけど、新五郎のことなんか忘れたらどうだい」

「そうはいかぬ」

「あんな男に……ふん、下手に近づけば、尻の毛まで抜かれちまうよ。新五郎ってのはそんな男なんだから」

「ならば抜かれないように気をつけよう」

お豊がじろりとにらんできた。

昨夜、菊之助と精一郎は、小五郎らを蹴散らしたあと、お豊の身を案じて、家を出るように勧めた。

だが、行くところがないというので、精一郎が一晩だけ身を預かったのだった。

お豊は家を出るのをしぶったが、小五郎たちが仲間を連れて戻ってくるのを警戒したのか、

——やっぱり、あんたたちの世話になるしかないようだね。

と、ようやくあきらめた。

「それでお豊さん、これからどこに行くつもりだい？」

次郎が訊ねた。

「さあ、風の吹くまま気の向くままってとこだよ。だけど、知らない土地に行っても心許ないからね……」

お豊にしては心細げな声になった。

「とりあえず、府中まで行くか」

菊之助はお豊を振り返った。

「……そうだね。新五郎がいると思うと、気乗りしないけど、そのまま素通りすりゃいいんだものね」

「素通りせずに、わたしたちにしばらく付き合う気はないか」

お豊は目をしばたたいて、小首をかしげた。

「あんたたちに付き合ったって金にならないじゃないか。それとも駄賃でもくれ

るっていうのかい」

「少しなら払ってもいい」

「へっ、どういうことだい？」

「おまえさんは新五郎を知っている。おそらく遠目からでもわかるはずだ」

「そりゃわかるさ。一町《ちょう》（約一〇九メートル）先だってわかるよ」

「だったら新五郎を捜すのを手伝ってくれ。旅籠賃はこっちで持つ」

「ほんとうかい」

「嘘はいわぬ」

お豊はしばらく考えて歩いた。

「……そうだね。菊之助さんに助けてもらったようなもんだからね。まあ、いいさ。あたしの財産はこの身ひとつだから、それが無事だっただけでもよかったと思えば、頼みを聞かないわけにいかないね」

「江戸に比べれば、府中は小さな田舎町だ。二日とかからず、見つけられるはずだ」

菊之助がそういったとき、薄くなってきた霧の紗幕《しゃまく》に、さっと光の条《すじ》が射した。

三

同心詰所の火鉢の前に秀蔵は座ったきり、考え事をしていた。他の町廻りの同心たちは出ていったばかりで、ひとりである。

「捜しようがないな」

小さくつぶやいた秀蔵は、火箸で埋《うず》み火《び》をひっくり返した。肩をぶるっと揺すり、煙管をくわえる。目を宙の一点に凝らし、そのまましばらく身動きもしなかった。

平松宋九郎の請人になっていた小普請組世話役・望月誠太郎は、

——はて、わたしは平松の請人になどなった覚えはないが……。

と、澤田周次郎に答えていた。

つまり、宋九郎は勝手に望月の名を借り、偽《いつわり》の印《いん》を使って、長屋を借りていたのだった。

宋九郎の御家人株を買った男はすぐにわかった。これは上野《うえの》黒門町《くろもんちょう》にある太物問屋の主・今田《いまだ》屋栄太郎《えいたろう》だった。

——払うものも払いましたし、平松さんがその後、どこで何をなさっているかてまえどもには、まったくわかりません。

今田屋は形ばかりの縁組みをして株の代金三百両を払ったが、宋九郎からはまったく沙汰《さた》なしだという。

結局、宋九郎の行方は杳《よう》として知れないままである。また、殺された但馬重兵衛に関わりのある者たちも調べたが、疑わしき人物は浮かんでこなかった。

「ここにじっとしていても何もはじまらぬか」

煙管を口から離した秀蔵は、差料を引きよせて詰所を出た。

朝のうちは寒さが厳しかったが、いつの間にか暖かくなっていた。頭の上には青空が広がっている。

数寄屋橋《すきやばし》を渡り西紺屋町《にしこんやちょう》のほうに足を進めると、近くの茶店で待っていた五郎七と澤田周次郎がそばにやってきた。

「いかがされます?」

澤田が聞いてきた。

「宋九郎の手掛かりがない。とにかく見廻りをするしかない」

秀蔵には、他に答えようがない。

堀沿いの道を歩き、比丘尼《びくに》橋の手前を右に折れた。そのままますぐ進み、南八丁堀の自身番に向かう。

手詰まりだから、秀蔵は苦虫《にがむし》を嚙みつぶしたような顔をしていた。しかし、自身番の戸を引き開けるなり、

「旦那、お待ちしていたんです」

と、上がり框に腰をおろしていた甚太郎が立ちあがって、目を輝かせた。

「何かあったか？」

「大ありです。平松宋九郎が出入りしている店を突きとめました」

「なに、どこだ？」

「鎌倉町《かまくらちよう》にちょいと気の利いた〈千草《ちぐさ》〉という小料理屋があります」

「千草だと」

秀蔵も知っている店だった。小体《こてい》な店で、秀蔵は千草の天麩羅を好んでいた。

「あっしの使っている手先が、似ている男がいるというんです。間違いなければ、きっとそのはずです」

甚太郎は小者だが、それなりに手先を使っている。

もっとも、それが誰であるかは秀蔵もあえて聞かない。それは暗黙の掟であり、

秀蔵が使っている岡っ引きや下っ引きも、同心や上役の知るところではない。もし、それら手先のことが広く知れると、質《たち》の悪い外道たちの餌食《えじき》になってしまうからである。

「吉松はどうした?」

秀蔵は岡っ引きの吉松がいないことに気づいて、自身番詰めの番人に声をかけた。

「へえ、親分は、殺されたお栄さんと関わりのあった人をあたるとかいっていました。なんでもお栄さんは身籠《みご》もっていたそうですね」

秀蔵は番人を見た。初耳である。

「あの女房が身籠もっていただと……」

「はい、そんな話でした」

「誰に聞いた?」

「吉松親分ですが……」

すると、吉松はお栄が妊娠していたのを、昨晩か今朝知ったのだろう。そうでなければ、昨日のうちに自分に話しているはずである。

「吉松が来たら、おれが会いたがっていたと伝えてくれ、夕刻にはここに戻ってくる」

秀蔵は番人に言付けると、そのまま甚太郎と五郎七と澤田を連れて鎌倉町に向かった。

冬の日射しにまぶしく照り映えるお城の堀には、親子連れの鴨《かも》が泳ぎ、岸辺には白鷺《しらさぎ》の姿があった。

秀蔵は河岸沿いの道を黙々と歩きながら、自分の探索に考えをまわすと同時に、八王子に行っている菊之助のことを気にした。

（うまく、新五郎を見つけてくれていればいいが……）

鎌倉町にある千草は、当然暖簾を掛けていなかったが、戸は開いていた。秀蔵は客席の掃除をしていた太り肉《じし》の女将《おかみ》に声をかけた。

「これは横山の旦那……」

女将は額の汗を手の甲でぬぐって、秀蔵に振り向いた。

「早くに悪いが、ちと聞きたいことがあるんだ」

秀蔵は他の者たちを表で待たせて、店に入ると小上がりの縁に腰をおろした。

「平松宋九郎という浪人が近ごろこの店に来ているらしいが、知っているか？」

「……どんな方でしょう」

女将は名前を知らないようだ。

秀蔵は平松宋九郎の人相を話してやった。

「それじゃ、あの人だろう」

奥の板場から主の長兵衛《ちょうべえ》がやってきて、しばらくです旦那と、頭を下げた。

「ほら、昨夜もお仲間といらした方だ」

長兵衛は女将のおこうを見て、秀蔵に視線を移した。

「仲間というのは……？」

「みなさん、お侍です。きれいな酒の飲み方だと感心していたんです。このところ、二日おきぐらいにお見えになりますが、いつも隅の席で静かに話をされています」

「その仲間はいつも同じ顔ぶれであろうか？」

「同じですね。お連れは三人のときも二人のときもありますが。何かあったんでございましょうか」

長兵衛は好奇心の勝った目を向けてきた。

「たいしたことではない。それでは今夜も来るかもしれぬな」

「それはわかりませんが……」

「邪魔をした。また来るが、このことは平松宋九郎が来ても他言してはならぬ。よいな」

秀蔵は釘を刺して千草を出た。

すぐに甚太郎が近寄ってきた。

「夕刻からこの店を見張ることにする。平松宋九郎が立ち寄っているのはたしかだ」

「住まいはわからないんで……」

「そんな口ぶりではなかった」

たったいま長兵衛とおこうと交わした会話から、二人が宋九郎の住まいまで知っているとは思えなかった。

秀蔵はそのまま歩きだした。

どこへ行くんですかと、五郎七が追いかけてくる。

「南八丁堀に戻る」

四

南八丁堀の自身番には、下っ引きを連れた吉松が待っていた。

「鷗斎の女房、お栄が孕《はら》んでいたというのはどういうことだ」

「それが妙なんです。あれは鷗斎さんの種ではないのではないかと……」

吉松はそういって、舌先で唇を舐めた。

「誰がそんなことを？」

「鷗斎さんの絵を好んで買う、〈伊勢元《いせもと》〉という船宿の隠居なんですがね、そんなことを」

それは伊勢元の隠居・勘八《かんぱち》が鷗斎から聞いた話だった。

——ご隠居、どうもうちの女房がおかしいんです。

鷗斎が勘八の家に遊びに行ったときのことである。

——おかしいって、どういうことだい？

——わたしはここ半年ばかり、女房に手を出したことがないんですが、どうも孕んでるようなんです。ここ二、三日、顔色が悪いし、ものを戻すんです。長屋のおかみにそれとなく訊ねると、つわりだといいます。

——それじゃ、その相手はあんたではないということかい。

——そうなります。まだ、問い詰めてはいませんが、どうしたものかと……。

——どうしたものかといわれても、そりゃただごとじゃないね。

「まあ、話ってのはそんなことだったらしいんですが、どうも気になりまして」

秀蔵はゆっくり茶を飲んでから口を開いた。

「もし、その話が事実だとすりゃ、下手人が鷗斎の妻・お栄を孕ませた。下手人は懐妊が鷗斎に知れるのを恐れ、お栄を殺すついでに鷗斎をも殺すことになった……。いささか穿《うが》った見方だが、さて、どうしたものか……」

「宋九郎という男がお栄を孕ましていたら、どうなりますかね」

「ふむ」

「宋九郎と鷗斎さんは仲がよかったんでしたね。すると、お栄さんのこともよく知っていたってことじゃありませんか」

「まったく関係のないことだとはいえねえな。しかし、だからといって、お栄の相手が宋九郎だったとはいえぬ。吉松、その辺のことをもう少し探ってくれ、何か出てくりゃめっけもんだ」

指図を受けた吉松が出て行くと、秀蔵は夕刻まで自身番で暇をつぶした。

ついている澤田が一度源助店に行き、みどりの様子を見て戻ってきた。

「みどり殿はどうでした？」

「下手人が宋九郎だったとしても、仇討ちは御番所にまかせると申してました」

「賢明なことだ。仇討ちなどめったにやるものじゃない。澤田さん、あんたも仇討ちの助太刀など無用だ。それよりおれの助を頼む」

いつしか秀蔵は、澤田に対して砕けた口調になっていた。

「心得ました。いずれにしろ、下手人を捕まえなければなりませんからね」

日が傾きはじめると、秀蔵は鎌倉町に引き返した。

平松宋九郎が千草に近づいたところで押さえる腹づもりだった。

秀蔵は近くの蕎麦屋《そばや》で、澤田といっしょに見張ることにした。五郎七と甚太郎は、別の店で見張っている。

日が翳《かげ》ってくると、家路を急ぐ出職《でしょく》の大工や左官の姿が目立つようになった。また、下城する幕臣や勤番侍の姿も増えた。

江戸城にあたっていた西日が翳り、あたりが暗くなると、鎌倉町にある料理屋の招き行灯《あんどん》や提灯に火がともされた。

小料理屋の千草にも暖簾があげられ、軒行灯に明かりがともった。

「澤田さん、熱いうちに食っておいたほうがいい。見張りは長引くかもしれないし、今夜、宋九郎が現れるとはかぎらぬ」

澤田の丼はまだ半分も減っていなかった。天麩羅そばである。

秀蔵は同じ天麩羅そばを食べ終え、茶を飲んでいた。

千草に客が二、三人はいっていった。

通りには提灯を持って歩く者が多くなっている。

暮れ六つ（午後六時）の鐘が鳴って、しばらくたっていた。

そばを食べ終えた澤田は、小さく開いた格子窓の外に目を向けている。夏場なら窓を開け放しておけるが、今の季節は日が暮れてから急に風が冷たくなっていた。

秀蔵は窓を小さく開けたり閉めたりを繰り返していた。

「横山さん……」

そういった澤田の目が緊張していた。

「やつです。宋九郎です」

秀蔵は表を見た。

澤田が竜閑橋《りゅうかん》を渡ったばかりの男だという。

地味な色の着物を着流した侍がたしかに歩いてくる。顔ははっきりしないが、澤田の目が光っていた。

「澤田さん、おれだと警戒される。あんたが先に声をかけてくれるか」

「わかりました」

秀蔵はすぐに勘定をすませて、表に出た。

先を澤田が歩いて行き、宋九郎の背後に迫っていた。

「平松……」

澤田の声で、宋九郎の肩がビクッと動き、ゆっくり振り返った。提灯は持っていないが、そばにある掛行灯の明かりを片頬に受けていた。

「澤田か、めずらしいところで会うな」

「おまえを捜していたのだ」

「おれを……それはまた、なんのために」

そういって片手で顎を撫《な》でた宋九郎の目が、澤田の肩越しに秀蔵を見た。変装などはしていない秀蔵は、すぐに町方だとわかる身なりだ。

宋九郎の目に警戒の色が浮かんだ。

すると、今度はその視線が左のほうに動いた。五郎七と甚太郎が見張り場にしていた店から出てきたのだ。

「澤田、どういうことだ」

宋九郎はそういうが早いか、いきなり抜刀して、澤田に斬りつけた。予期しない咄嗟《とっさ》のことで、澤田は避ける間もなかった。

いや宋九郎の抜き技が鮮やかだったのだ。それに夜の闇であり、小さな動きが見えなかった。

「うっ」

澤田は左胸のあたりを押さえて、片膝をついた。

「何をしやがる！」

恫喝《どうかつ》するような声を発した秀蔵は、刀を抜いて澤田を庇《かば》うように立った。

宋九郎は無言でにらんできた。右手一本で持った刀の切っ先を斜め下に向けている。

「きさまに話がある」

「なんの話だ？」

「絵師の鷗斎こと但馬重兵衛と、春日《かすが》徳右衛門の一件についてだ」

「………」

宋九郎は黙したまま、ジリッと下がった。

秀蔵は間合いを詰める。目の端で、澤田を見て、

「澤田さん、大丈夫か」

と、声をかける。

「心配はいりません」

「甚太郎、傷を見てやれ」

秀蔵がそういった瞬間だった。宋九郎がパッと身を翻して逃げたのだ。

「待て」

秀蔵はあとを追いかけた。

宋九郎は思いの外《ほか》足が速かった。先の路地を右に折れ、三河町新道《みかわちょうしんみち》に入った。両側には小店といくつもの居酒屋がある。昼商いの店は閉まっているが、軒提灯を下げた店から楽しげな哄笑《こうしょう》がわいていた。

宋九郎は道を横切る者を突き飛ばして逃げる。

抜き身の刀を持っているので、突き飛ばされた者は、一瞬、怒声《どせい》をあげようとして喉元で言葉を呑み込む。さらに、ひと目で町方とわかる秀蔵があとから駆け

てくるので、尻餅をついたまま目をまるくしていた。

宋九郎は先の通りを左に折れた。

両側に旗本屋敷の土塀のつづく細い道だ。

秀蔵は息を切らしながらその道を折れたが、油断であった。

いきなり襲いかかってくる太刀を見たのだ。

秀蔵はとっさに右に転ぶようにして避けたが、すぐさま宋九郎の剣が襲いかかってきた。

秀蔵は半身になって刀を抜いたが、下がってかわすのが精いっぱいだった。どしんと背中に強い衝撃があった。土塀に背中を打ちつけたのだ。

宋九郎が闇のなかで鈍い光を発する刀を、袈裟懸けに振り下ろしてきた。

ガチッ――。

秀蔵は刀の棟で受け止めると、渾身《こんしん》の力で宋九郎を押し返そうとしたが、うまくいかない。宋九郎は馬鹿力でぐいぐい押し下げてくる。

刃がもう眉間に触れようとしている。こうなると、相手の力を利用して引くことも、体をひねってかわすこともなかなかできるものではない。

「ん」

力を振り絞って、宋九郎の刀を押しあげた。

そのとき、声がした。追ってきた五郎七である。

「野郎、何をしやがる！」

十手をふりかざして、五郎七が突進してくる。

それを見た宋九郎の目が泳ぎ、さっとうしろに離れた。

秀蔵は腰砕けのように尻餅をついた。

「旦那……」

五郎七がそばにやってきたとき、宋九郎の姿はもう遠くにあった。

五

府中宿――。

夜の闇は深く、星も月も見えなかった。

菊之助と次郎は、八王子に行く際に泊まった同じ旅籠〈柊屋〉に草鞋《わらじ》を脱いでいた。お豊もいっしょである。

お豊はしどけない横座りの恰好で、窓辺にもたれるように頬杖をついて、下の往来を眺めていた。

往還には夜商いの提灯の明かりがあるぐらいで、人通りは絶えようとしている。

菊之助と次郎は夕餉を終えたばかりで、部屋に戻って茶を飲んでいた。

じつは、府中に戻って来るなり、騒ぎが起きていた。

府中には、仏の禄蔵一家と関戸の是政一家という二大博徒がいて、是政が何者かに殺されたというのは先に聞いていたが、その博徒同士が争いをはじめたというのである。しかし、その話が一変していた。

是政一家はてっきり禄蔵一家の仕業だと思い込み、喧嘩支度をしたが、乗り込む前に土地の者たちが暗殺者数人を見ていたという知らせが入ったのだ。

聞いてみると、禄蔵一家ではなく、近ごろ宿場を荒らしている浪人組の仕業だとわかった。そこで、是政一家は禄蔵一家と手を組み、浪人組を捜し歩いているというのである。

菊之助と次郎は府中に入るなりそのことを知り、宿場を見廻ってきたのだが、とくに気にするようなことはなかった。

しかし、旅籠の主である柊屋勘兵衛は、

「お侍さま、これはいまにきっと大きな喧嘩が起きます。一見何事もないように見えますが、嵐の前の静けさですよ」

と、硬い表情でいう。

それに、浪人組の正体はわからないという。大方、兇状持ちの浪人たちだろうというぐらいだ。

菊之助はその浪人組のなかに、野火の新五郎が参加しているのではないかとにらんでいた。新五郎は八王子を出る際、府中でひとはたらきしてくるとお豊に告げている。

しかし、新五郎が浪人組にいるのかどうか、それは定かではない。ひょっとすると、手を組んでいる禄蔵一家と是政一家に加担しているかもしれない。

「次郎、もう一度見廻りに行ってこよう。お豊、いい加減窓を閉めないか、部屋が冷えていかん」

いわれたお豊が無表情に振り返った。

「すぐに戻ってくるのかい？」

「遅くはならぬ」

「それじゃ、早く帰ってきておくれな。あたしでよければ酒の相手をしてあげるからさ」

菊之助は苦笑いを返しただけで、次郎をうながして柊屋を出た。

往還には木枯らしが吹いていた。

建て付けの悪い商家の戸板が、カタコトと鳴っている。

新宿から本町にはいる。

宿場は甲州道中に沿って町並みがつづいているが、本町は宿中央を南北に横切る鎌倉街道沿いにある。

本町を過ぎると、府中番場宿となる。その西の片町と呼ばれる一画に、高安寺《こうあんじ》がある。仏の禄蔵の屋敷は、高安寺のそばにあった。

昼間はそうでもないだろうが、人気のないところだ。楢《なら》や櫟《くぬぎ》の林が風に揺れて、落ち葉を散らしている。

次郎の持つ提灯の明かりに、落ち葉が蝶のように舞った。

「お豊のことはどうするんです？」

歩きながら次郎が訊ねる。

「新五郎を捜すのに役に立つはずだ」

「おいらはどうもあの女が好きになれません」

そうだろうと、菊之助も感じていた。

お豊は若い次郎を小馬鹿にしたものいいをするし、おもしろ半分でからかって楽しんでいる。

「ああいう女だが、ほんとうは孤独なのだろう。どんな生き方をしてきたか知らぬが、あまり恵まれた運命ではないはずだ。まともに生きたいが、どうしてもそうならない。そのことにヤキモキしているのかもしれない」

「そりゃ、あの女が悪いんです」

「自分ではどうすることもできないのが運命というものだろう。お豊は新五郎を嫌うようなことをいうが、そのじつ、新五郎から離れられないのかもしれない」

「そんなもんですかね。菊さんは、やさしいからな。あまり人の悪口いわないし……」

「それより、おまえさっき宿の女と何を話していた？」

次郎は視線をそらして、何でもないですという。

「そうか。妙なことは考えるな」

次郎は黙っていた。菊之助は夕餉の膳部につく前に、次郎が廊下の隅で宿の女中とこそこそ話し合っているのを目撃していた。

相手はおそらく飯盛女《めしもり》に違いない。だが、菊之助は深く問い詰めはしなかった。

他愛ない立ち話だったかもしれないからだ。

禄蔵一家の屋敷を眺めて、引き返すことにした。

「冷え込みが厳しくなりましたね」

次郎はそういって、ぶるっと肩を揺すった。

菊之助も襟をかき合わせた。

「おい」

と、不意の声がかかったのは、そのときだった。

六

振り返ると、三人の男たちが黒い影となって立っていた。手に抜き身の刀を下げている。

「こんなとこで何してやがる?」

問いかける男の顔は闇に塗り込められていて見えない。

次郎が提灯を掲げようとしたとき、背後にも人の気配があった。

脇の小道からも新たな男たちが現れた。

その数は、十人ほどか……。

菊之助は鯉口《こいぐち》を切って、警戒した。相手には殺気が感じられる。

「旅籠に戻るところ、道に迷ったのだ。あやしい者ではない」

「一家の屋敷を見ていたな」

「一家……はて、何のことであろうか……」

菊之助はとぼけた。そばにいる次郎が落ち着きをなくしているのがわかる。

「てめえ、何もんだ？」

聞いたのは、男たちの兄貴分らしい。やけに頭の大きな男だった。

「旅の者だ。江戸に戻る道中で、この宿場に立ち寄っているだけだ。ずいぶん、剣呑《けんのん》だが何かあったのか？」

「二本差しだな。浪人か……」

相手はじりじりと間合いを詰めてきた。他の者たちも近づいてきて、菊之助と次郎を取り囲むようにして立った。

斬り合いになれば、殺される。ここは何とかして切り抜けなければならない。

菊之助はいつになく緊張した。

男たちの提灯が菊之助と次郎の顔を、明々と照らした。

「あやしい野郎だ」

「仲間かもしれねえ」

「斬っちまうか」

物騒《ぶっそう》な声が周囲で漏れる。

「待て、いったい何のことだ。妙ないい掛かりはやめてもらおう」

菊之助がいうのへ、

「かまわねえ、やっちまうんだ！」

という声がしたかと思うと、横合いからひとりが撃ちかかってきた。

菊之助は抜きざまの一刀で、その刀を撥《は》ねあげると、さっと、青眼に構えた。

次郎も提灯を投げ捨て、道中差を抜いた。

男たちにピリピリとした緊張感と殺気が増した。

「何のために斬り合うのだ。おれたちはただの通りがかりだ」

菊之助は必死になって、相手を諭そうとするが、

「やつらの仲間に違《ちげ》ェねえ」

と、聞きわけのない者がいる。

さっと、またもや横合いから斬りかかってきた者がいた。

チン——。

菊之助は相手の刀を軽く撥ねあげて、次郎と背中合わせになった。すでに逃げ場はない。抜き身の刀を構えた男たちに取り囲まれていた。地面に置かれた提灯の明かりが、男たちの顔を足許から照らしていた。

勇み肌の男たちは誰もがぎらついた目をしており、総身《そうみ》に殺気を漂わせている。菊之助と次郎を囲む輪がじりじりとせばめられる。

男たちにどんないいわけをしても、何も通じないだろう。

「死ねッ」

次郎の正面から刀を腰だめにして突っ込んでくる者がいた。次郎は体をひねり、横に跳んでかわしたが、石につまずいて倒れた。

菊之助はすぐに助け起こして、かわされた男に刀の切っ先を向けて牽制《けんせい》した。

「次郎、おまえは逃げるんだ」

「へっ……」

次郎が奇妙な声を漏らした。菊之助は決死の覚悟で、先に斬り込み、次郎だけでも逃がそうと思っていた。

「待ってくれ!」

男たちの背後から声がして、ひとりの男が駆け寄ってきた。

「人違いだ。このお侍はおれを助けてくれた人だ。やつらとは違う。留吉《とめきち》さん、刀を引かせてください」

現れたのは一度菊之助が助けた松太郎だった。留吉というのは、菊之助に難癖をつけてきた頭の大きな男だ。

「てめえの知り合いか？」

「この前おれが浪人たちに追われたとき、助けてくれた旅の人です」

「それじゃ、やつらとは関係ねえってことか」

「違います」

「おい、刀を引け」

留吉が仲間に指図をした。

全員の刀が鞘に納められたり、下げられたりした。

菊之助はホッと胸をなで下ろして、長い吐息をついた。

「松太郎といったな」

菊之助は刀を鞘に戻して問うた。

「先だっては危ないところをありがとうござんした。おかげで助かりました」

松太郎は膝に手をついて頭を下げた。

「女を攫われたといっていたが、どうなった？」

「まだ、連れ戻せないままです。明日にはどうにかするつもりですが……」

「なにやら尋常ではない様子だが、いったい誰におれたちは間違われたのだ」

「宿場を荒らしている浪人組です。関戸の是政という親分を殺したのはやつらです。あっしらはその浪人連中を片づけなきゃならないんです」

「つかぬことを訊ねるが、野火の新五郎という男を知らぬか？」

聞かれた松太郎は仲間を振り返ったが、みんな知らないという顔で、首を横に振った。

「そいつァ、なにもんです？」

「江戸で人を殺し、金を盗んで逃げている浪人だ」

菊之助はそういって新五郎の人相をざっと教えたが、やはり男たちに見覚えはないようだった。

「すると、お侍は……」

「江戸町奉行所の手先だ」

留吉が恐縮の体《てい》で、菊之助のそばに来た。

「そうとは知らず、とんだ人違いをいたしやした。どうかご無礼のほどお許しください」

「わかってもらえてよかった」

「申しわけありませんが、お名前を教えていただけますか。あっしは禄蔵一家の留吉と申します」

「荒金菊之助だ。こっちは次郎という」

「いま、この宿場は荒れています。どうかご用心ください」

「気をつけることにする。松太郎、もうひとり浪人たちに襲われていた男がいたが、あの者は無事なのだな？」

「幸三郎《こうざぶろう》のことですね。あれも荒金さんが助けてくださったんですか。いや、これはほんとうに申しわけないことです」

誤解を解いた留吉たちは急に物わかりがよくなり、菊之助と次郎に再度気をつけるようにいって、往還の途中まで送ってくれた。

その間に、菊之助はどんな諍《いさか》いが起きているのかと聞いたが、留吉も松太郎も詳しいことは話さなかった。

「これはあっしらで片をつけることですから。どうぞおかまいなく」

留吉はそういうだけである。

結局、野火の新五郎を捜す手掛かりのないまま柊屋に帰るしかなかった。

七

「なんだい、そんなに着物を汚して……」

柊屋の客間に戻るなり、留守番をしていたお豊が次郎に声をかけてきた。

「こっちに来な」

「な、何だよ」

次郎は戸惑っている。

「さあ、ここに座って……」

お豊は銚子と肴《さかな》の載った盆を脇に押しやって、膝許の畳をたたいた。

次郎がしかたなくそこに座ると、

「なんだ怪我してるじゃないか」

と、あきれたような顔をする。

「こんなのかすり傷だよ。どうってことねえさ」

「だめだめ。ちょっと待ってな」

お豊は隣の部屋に行ってゴソゴソやりだした。

襖《ふすま》一枚隔てた向こうが彼女の客間だ。

「さあ、これを……」

戻ってきたお豊は、膏薬《こうやく》を次郎の膝頭に塗ってやった。

その様子を黙って見ていた菊之助は、

「体が冷えた。次郎、湯を抜かれないうちに風呂に浸かってこよう」

といった。

「菊さん、先に行ってください。おいらはあとで入ります」

そう応じた次郎は、

「お豊さんて、意外とやさしいとこあるんだ」

と、つぶやくようにいう。

「意外は余計だよ」

お豊はもとの澄まし顔に戻って、盃に酒をついだ。

「菊之助さん、風呂からあがったら酌してあげるから、早く入っておいでましよ」

「そりゃありがたいな。それじゃ行ってくる」

菊之助はそのまま風呂に向かった。

湯に浸かりながら考えることがあった。

さきほど禄蔵一家の者たちと話してわかったことだが、彼らは府中を荒らしている浪人組をつぶそうとしている。

そして、博徒一家に新五郎はいない。おそらく浪人組に加担しているはずだ。浪人組は兇状持ちや無宿《むしゅく》だろう。いわゆる無法者だ。

土地のやくざたちが浪人たちと喧嘩をするのは勝手だが、そのなかに新五郎がいて、殺されるようなことがあると、竹屋一家殺害の一件がわからなくなる。争いが起こる前に、何としてでも新五郎を捜しださなければならない。

（そのためにはどうするか……）

風呂場の窓の向こうに、暗い空が見える。

雲は浮かんでいないから、明日は天気がよさそうだ。

菊之助はお豊をどのように使おうかと考える。新五郎はお豊に一途なところがある。もっとも、実際はどうなのかわからないが、少なくともお豊の話を受ければそうである。

お豊を使って新五郎をおびき出せればよいが、その前に浪人組がどこにいるのかがわからない。とにかく明日はそのことを調べるべきだろう。

風呂からあがり客間に戻ると、お豊が熱燗を二本注文してくれた。

「次郎はどこへ行った？」

「風呂じゃないの。さあ、どうぞ」

菊之助はお豊の酌を受けながら、廊下で次郎とすれ違わなかったと思った。

「やつは風呂に行くといったのか？」

「そうじゃないの……。でも、あんたたちも執念深いね。新五郎なんかに関わることはないと思うんだがね」

「おまえさんは会いたいと思わないか。口では毛嫌いするようなことをいうが、ほんとうは頼りにしているところもあるのではないか」

「へん、何でそんなこと思うのさ」

お豊がキッとした目でにらんでくる。

「心底嫌っているわけではなかろう」

お豊は視線を外しただけで、答えなかった。

「しかし、おまえさんも苦労したんだろうな。新五郎にも苦労をかけさせられた。

好きでもないのに、どうしても迷惑をかけるような男とくっついてしまう。自分で、この男はだめだと思うくせに、なぜかそうなってしまう」

お豊が目をぱちくりさせて、菊之助を見た。

部屋には行灯がひとつ点されているだけである。

うす暗いので、小じわが目立たない分、お豊は若く見えるし、商売柄なのか色っぽさが引き立っている。

「どうした。さあ……」

菊之助が酌を返してやると、

「菊之助さん、人のことがわかるのかい？」

という。

「おおよその見当はつく。そろそろ身の振り方を考える時期なのではないか……。わたしがとやかくいうことではないが、高望みせずに、小さな幸せをつかむのも人生だ」

「小さな幸せ……」

お豊はどこか遠くを見る目になった。

菊之助は盃をゆっくり口に運んだ。

「ねえ、菊之助さん、あんたはその小さな幸せってものを見つけたのかい?」

「見つけたのかもしれない。おそらく、そうだと信じている」

菊之助はやわらかな笑みを頰に浮かべた。お豊は真顔である。

しばらく、小さな幸せとはどんなことだという話になった。他愛ない話だったが、お豊はずいぶん興味をもったらしく、女の幸せは結局金では買えないのだと、悟ったようなことを口にした。

「それにしても、次郎の帰りが遅いな」

「ほんとだね」

もう半刻以上は経っている。

次郎が帰ってきたのは、菊之助が二合の酒をあけるころだった。

「どこへ行ってきた。ずいぶん遅かったな」

「へへへ、ちょいと」

次郎は照れたように笑い、頭をかく。

まるでいたずらがうまくいった小僧の仕草だった。菊之助にはぴんときた。この宿に入ったとき、次郎が廊下の隅で女中と話していたことが脳裏に浮かんだ。

「何だ、その笑いは」

菊之助は目を険しくして次郎をにらんだ。

「ヘッ」

「遊びの旅ではないのだ。そんな心構えで役目が務まるか」

「いや、おいらは……」

「黙れッ。秀蔵がいっしょだったら、同じことができたか。おれだったから遊んだのか」

「いえ、そんな……」

菊之助はめったに声を荒《あら》らげることがない。それだけに次郎は萎縮《いしゅく》する。現に肩をすぼめ、うつむいてしまった。

「馬鹿者」

次郎はまたもや小さくなった。

「いいじゃないのさ。若いんだから」

お豊が庇《かば》おうとするが、菊之助は許さない。

「頭を冷やせ。たわけが」

次郎はシュンと押し黙ったまま、何もいえなくなっていた。

「菊之助さん、そんなに怒らなくてもいいじゃないか」

「こいつはわかっておらぬのだ。お豊、さあ飲め。この酒はうまいな」

菊之助は次郎を無視して、お豊に酌をしてやった。

「明日は頼むぞ。新五郎を見つけたら、おれたちは江戸に連れて戻る。可哀相だが、おまえさんとは添えない男だ」

「あたしだって添うつもりはないわよ。だって、あいつとの縁が切れれば、あたしにも小さな幸せってものが見つけられそうなのだもの」

「その気持ちを忘れぬほうがよかろう。湯上がりに飲む熱い酒は格別だな」

菊之助はうまそうに盃を干すが、次郎はしょんぼりうなだれたままである。

しばらくして、三人は床に就いた。


旅籠の朝は早い。泊まり客も起きるのが早いが、奉公人たちは掃除や朝餉の支度があるからなお早い。

まだ、外が暗いうちからバタバタと廊下で足音がしたり、階下の板場から調理をする音が聞こえたりしていた。表からは鳥のさえずりが聞こえる。

菊之助は窓の隙間からはいってくる薄い光の条を眺めてから、床を抜けだした。

昨夜叱りつけた次郎はまだ寝ている。

しかし、厠《かわや》で用をすませて部屋に戻ると、布団をきちんとたたんだ次郎が神妙な顔で座っていた。

「昨日は申しわけありませんでした」

両手をついて、次郎が謝る。

「箒売りに戻るか。それとも実家に帰るか。……よく考えろ」

菊之助は手厳しい。ここで甘えさせるつもりはなかった。

「請け負ったことはいい加減な気持ちではできぬ。人にものを頼まれたり、仕事を請け負ったら、責任をもって最後までまっとうするのが筋だ。それができなければ、この先何をやってもだめだろう。先に飯を食う」

菊之助は縮こまっている次郎を置き去りにして、一階の広座敷に向かった。

朝餉の支度はすでに調《ととの》っており、泊まり客がぽつぽつ現れては、食事に取りかかっていた。菊之助も黙々と飯をかき込んだ。

部屋に戻ると、次郎はまだ正座したままうなだれている。

「飯を食ってこい。今日は忙しくなる。モタモタしているんじゃない」

いわれた次郎が、すっと面をあげて見てきたが、菊之助は視線を外して、着替えにかかった。帯を締め、羽織をそばに引きよせた。

「何をしておる。早く飯を食ってこい」

菊之助の冷たい言葉に、次郎はしょんぼりと部屋を出ていった。

（灸《きゆう》がきつかったかな……）

そう思う菊之助は、たまには〝薬〟だと思いなおした。

しばらくして、もの憂げな顔でお豊が朝の挨拶をしに来た。

「みんな早いねえ。あたしゃ、朝が苦手で……」

お豊はそんなことをいって、部屋を出て行った。

次郎が戻って来たのはそれからすぐだったが、何もいわずに支度にかかった。

そのとき、階段を上ってくる荒々しい足音がして、開け放してある障子の前で立ち止まった男がいた。

「これは松太郎ではないか」

松太郎は肩を激しく動かして、一度ゴクリとつばを呑み込んだ。手甲脚絆《てつこうきやはん》に襷《たすき》がけで鉢巻きを締めている。何とも物々しい恰好である。

「荒金さん、助をしてもらえませんか」

「何かあったか」

「浪人組のやつらと戦《いくさ》です。こっちの手は多いんですが、向こうは手練《てだ》ればかりだといいます。礼ははずみますんで、是非にもお願いできないかと兄貴分たちがいうんです」

松太郎は切羽詰まった顔をしていた。

「どこで戦うというのだ？」

「御殿山《ごてんやま》の麓《ふもと》です。助をお願いできませんか」

菊之助は一瞬考えてから、

「案内しろ」

と、差料を引きよせた。

第五章　野口屋

一

バタバタと慌てて駆け戻る松太郎を追った菊之助は、旅籠を出たところで、あとからついてくる次郎を振り返った。次郎の顔が強ばる。

「次郎」

「はい」

次郎の声は緊張していた。

「お豊を連れてこい。あの女に新五郎を見分けさせる。急げ」

いいつけられたのが嬉しかったのか、次郎の顔がぱあっと輝いた。

「すっ飛んで戻ってきます」

先を行っていた松太郎が、何をしているんですと、焦《じ》れた声をかけてきた。

「少し待ってくれ。連れて行く女がいる」

「女……」

松太郎は解《げ》せない顔をしたが、しかたなさそうに往還に立ち止まった。

朝靄に包まれた往還には、人の姿が増えている。旅籠から吐き出されるように姿を現す客が、日野方面に向かったり江戸のほうへ歩き去ったりしている。

「攫われた女がいるといったが、どうなっている?」

菊之助はふとそのことを思いだして訊ねた。

「それでしたら、昨夜戻ってきました」

「それは何よりだった」

「いえ、それがひどい目にあったようで、おれたち一家のことをあれこれと浪人らに訊問されて、酌婦《しゃくふ》をやらされたといいます。おれはそれだけじゃねえとにらんでいるんですが、とにかくやつらを叩きつぶさなきゃ気が治まりません」

ほどなくして、次郎に急《せ》き立てられながらお豊がやってきた。

「いったいなんだってんだい?」

「新五郎を教えてくれ。遠くからたしかめるだけでいい」

「朝っぱらから騒ぎだね。まったく」

お豊はぶつぶついいながらも、急ぎ足で菊之助たちについてきた。

松太郎のいう御殿山とは、宿場の東にある小高い山のことだった。

かつて将軍家が放鷹《ほうよう》するための御殿が建っていたそうだ。いまは焼失して畑地になっているらしい。

騒ぎはその山の麓《ふもと》で起きていた。周囲の野畑はうっすらとした靄に包まれている。野路を拾っていくと、木立の向こうで人が忙しく動いている。

もう斬り合いがはじまっているのだ。松太郎が血相を変えて、

「荒金さん、急いでください」

といって走り出した。

「次郎、おまえはお豊の身を守って、新五郎がいるかどうかたしかめさせるのだ。手出しは無用だ。よいな」

菊之助はそういい置いて、松太郎のあとを追った。

木立の向こうで人が入り乱れていた。その数四十人ぐらいだろうか。怒声と悲鳴が交錯《こうさく》し、血飛沫《ちしぶき》が飛んでいる。

浪人組と禄蔵一家の見分けはすぐについた。禄蔵一家は松太郎と同じような身

なりである。一方の浪人たちは、襷がけの着物に野袴《のばかま》だった。

禄蔵一家は槍や長脇差を振りまわしている。浪人たちは刀で応戦しているが、数が少ない。次第に追いやられている恰好だ。

禄蔵一家には怪我をして畑地に転がったり、木の幹に背中を預けている者もいる。浪人たちは応戦しながらもじりじりと後退していた。

菊之助は松太郎を追ってゆき、撃ちかかってきた浪人の腹を横薙《な》ぎに撃ちたたいた。斬りはしない棟《むね》打ちである。

「助太刀だ、助太刀だ！　荒金さんは、味方だ！　間違うんじゃねえぞ！」

松太郎が仲間に注意を喚起していた。

菊之助は危ない目にあっている者を庇いながら、かかってくる浪人のひとりの刀を撥ねあげて、

「仲間を下げさせろ」

と、近くにいた者に指図をした。

乱戦は無用に禄蔵一家に手傷を負わせる。刀の遣い方ははるかに浪人たちの方が上手《うわて》である。禄蔵一家は数を頼みにしているにすぎない。

「下がれ下がれ、仲間を下げさせろ！」

菊之助は浪人たちに注意の目を向けながら、禄蔵一家を一度退却させた。

そのことで浪人たちとにらみ合う恰好になった。

禄蔵一家は御殿山に向かい合う形になった。対する浪人組は御殿山を背負っている。その数は七人だった。

みんな息を切らして、肩を上下させている。呼気が白い。

菊之助は新五郎を捜したが、よくわからなかった。人相書は曖昧《あいまい》である。この浪人たちのなかにいるのか、いないのか……。

しかし、それをたしかめる暇はない。

相手に余裕を与えずに機先を制するのが兵法の教えである。

「槍を持っている者は、前に出て構えろ。他の者はあとにつづけ」

菊之助の指図を禄蔵一家は素直に聞いた。

槍を持った者たちが横一列に並んだ。浪人たちは双眸《そうぼう》をぎらつかせているが、その顔に怯《ひる》みが見えた。

（いまだ）

そう思った菊之助は、

「突っ込め！」

と、大声を張りあげた。

槍持ちたちが一斉に駆け出した。刀を持った者たちがあとにつづく。

とっさの判断だったが、菊之助は間違っていなかった。敵わないと思ったのか、浪人たちが一斉に逃げはじめたのだ。

それを見た禄蔵一家の士気が上がり、勢いよく追いはじめた。怪我をして転ぶ浪人がいる。それを槍で突き殺そうとする者がいた。

「やめろッ！」

菊之助は禄蔵一家の槍を撥ねあげて、浪人を庇った。

「何しやがるッ！」

若い男が牙を剝いたが、

「この者は怪我をしている。殺すことはない。他の者を追え」

強く叱咤《しった》すると、若い男は逃げる浪人たちを追っていった。だが、浪人たちの逃げ足は速い。おそらく捕まる者はいないだろう。

菊之助は様子を見てから、倒れている浪人を見下ろした。その喉に、刀の切っ先を向けている。

「き、斬るな。斬らないでくれ」

浪人はすっかり怯えていた。

「命は助けてやる。きさま、野火の新五郎という男を知らぬか」

菊之助は相手を見据えた。

「新五郎だったら……」

浪人はゴクッとつばを呑んだ。

「どうした。あのなかにいるのか？」

菊之助は遁走《とんそう》する浪人たちをちらりと見て聞いた。

「や、やつは江戸に戻った」

菊之助は眉をひそめた。

「戻った？」

「そうだ。昨夜、仲間割れをしちまって、ケツをまくりやがったんだ」

「江戸のどこへ行ったかわかるか？」

「よくはわからぬ」

「やつの行き先を知っている者はいないか？」

浪人は視線を泳がせた。

「教えろ」

「助けてくれるか」

「教えるんだ」

「〈蔦屋《つた》〉という旅籠に島内浩治郎《しまうちこうじろう》という男がいる。やつなら知っているかもしれぬ」

「蔦屋の客の島内浩治郎だな」

「そうだ」

浪人たちを追っていた禄蔵一家の者たちが戻ってきた。

口々に蹴散らしたぞ、これで懲りたはずだ、是政親分の仇は討ったなどといっている。

「こいつはどうします？」

松太郎がそばにやって来て、菊之助を見た。誰かが殺せといった。

「無用な殺生《せっしょう》はしないほうがためだ。それより、こやつの仲間の居所を聞き出すのが先ではないか」

「もっともなことだ。連れて戻るんだ」

松太郎の兄貴分・留吉がやってきて子分に指図して、言葉を継いだ。

「怪我をしているやつらも、親分の家に連れて行って手当てをするんだ」

「殺すな。殺さないでくれ。おれは頼まれただけだ」

浪人は蒼白《そうはく》な顔で懇願したが、禄蔵一家の者たちに乱暴に引き立てられていった。

「荒金さん、助太刀ありがとうございます。いっしょに親分の家に行ってもらえますか。親分からも挨拶をしてもらいますんで……」

「それには及ばぬ。わたしには急ぎの用がある」

菊之助はそういうと、次郎とお豊の待っている場所に足を急がせた。

二

浪人から聞きだした蔦屋という旅籠は、札の辻からほどないところにあった。

「島内様でしたら、手習所《てならいじょ》に行って来ると申されましたが……」

蔦屋の番頭はそう言って菊之助たちを眺めるように見た。

「手習所はどこにある?」

「安養寺《あんようじ》というお寺です。鎌倉街道を南に行って聞けばすぐにわかります」

菊之助はすぐにきびすを返した。

「お豊、おまえさんはどうする？　ついてくるか？」

表に出た菊之助はお豊を見た。

「どうでもいいけど、乗りかかった船だし、新五郎の行き先も気になるし……」

「では、ついてまいれ」

菊之助はすたすたと歩きはじめた。お豊があとを追いかけてくる。次郎は遠慮しているのか、菊之助から少し離れて歩いていた。

「捕まったさっきの浪人はどうなるんだろうね」

お豊が聞いてくる。

「浪人らの居所を聞かれるはずだ。誰があおり立てていたかもそれでわかるだろう」

「あの男、殺されちまうかもしれないよ。相手はやくざだからね。放っておいていいのかい、菊之助さん？」

「無法者の浪人たちとやくざのいざこざだ。これ以上首を突っ込むつもりはない」

いささか冷たいと思う菊之助だが、やくざとの関わりは持ちたくなかった。

朝方の靄はすっかり晴れて、空は青く澄みわたっていた。

宿場を離れると、すぐに野畑が広がり、遠くの山もはっきり見えた。奥には冠《かん》雪《せつ》した富士も見える。

途中で野良仕事をしている百姓に安養寺を訊ねると、丁寧に教えてくれた。鎌倉街道からそれて、畑道を行くと、すぐに目的の寺を見つけられた。

周囲は孟宗竹《もうそうちく》で囲まれており、境内には色づいた銀杏《いちょう》の葉が敷き詰められていた。黄色や赤に色づいた紅葉も目を惹く。

落ち葉を掃《は》いていた小僧に、島内のことを訊ねると、庫裡《くり》で住職と茶を飲んでいるという。菊之助は次郎とお豊を本堂の前で待たせて、庫裡を訪ねた。

上がり口にいた若い坊主が、すぐに島内を呼びに行き、間もなく当人が表に現れた。

色が黒くて恰幅《かっぷく》のよい男だった。歩き方に貫禄があり、目が鋭い。

「会いたいというのは、そなたか？」

「荒金菊之助と申します。野火の新五郎を捜しているのですが、行き先を教えてもらえませんか」

菊之助は島内から目をそらさなかった。

「宮野《みやの》のことか……」

島内はそういって鼻を鳴らした。新五郎の姓は宮野というらしい。

「なぜ、やつのことを？」

島内は静かな口調で訊ねてくる。どこかで鵯《ひよどり》の声がした。

「あの男は江戸で小料理屋一家を惨殺し、金六十両を盗んでいます」

「すると、そなたは火付盗賊改《ひつけとうぞくあらため》……」

「単なる町方の手先です」

「やつは江戸に戻った。聞きわけのない男でな」

「江戸のどこへ行ったか聞いていませんか……」

「深川に懇意にしている店があるといった。たしか〈佐野屋《さの》〉といったか……」

「だったら、あの店だわ。なんだい、あの男」

吐き捨てるように言ったのはお豊だった。

「間違いないですな」

「わたしにはそういった」

菊之助はまじまじと島内を見つめた。島内は視線をそらして、澄んだ空をあおぐ。

「島内さんは、なぜ新五郎と……」

「なぜかな。あの男も役に立つと思ったからだろう」

島内はそういって、ゆっくり歩きはじめた。菊之助はあとにしたがった。やがて銀杏の木の幹に片手をついた島内は、遠くの野山に目を向けた。

「府中だけではないが、わたしはこの地に学問を広めようと思っている。恵まれぬ百姓たちが貧しいのは、学問のなさゆえだ。汗水流して狭い田畑を耕しても、暮らしはいっこうに楽にはならぬ。少しでも生計の足しにしようと、男たちは往還稼ぎをしたり、藁細工《わらざいく》を作ったりしなければならぬ。女たちとて同じだ。糸取りをしたり機織《はたお》りをしたり……だが、その苦労も厳しい年貢《ねんぐ》の取り立てで水の泡である。加えて、宿場で幅を利かせる博徒たちが小金をせびり取ったりもする。いつも損をして涙を呑むのは弱い百姓たちだ」

「たしかに……」

「学問をして知恵をつければ、そのなかから新しいものを見出す者が必ずや現れる。そんな者がひとりでも二人でも出てくればよい。苦しさから逃れさせるためには、学問しかない」

「島内さんは、ここで指南をされているのですか?」

「わたしの教え子がやっている」

「さようでしたか」

島内はまたゆっくり歩きはじめた。菊之助はあとを追うように歩く。

「新五郎は質《たち》が悪い。少しは見所があると思ったが、あやつの性根は曲がりきっている。どうしようもない男だ」

島内はため息をついた。

「島内さん、もしや浪人たちを集めて、博徒一家を追い出そうとしているのはあなたではありませんか」

「ほう、なぜそんなことを申す」

木漏れ日が島内の肉づきのよい顔にあたった。

「今朝、浪人たちと禄蔵一家が喧嘩をしました。浪人たちは蹴散らされて逃げましたが、ひとり捕まった者がいます。もし、あなたが騒ぎの首謀者なら、禄蔵一家はほどなくここにやってくるでしょう」

島内はぴくりと眉を動かして、立ち止まった。そのままじっと菊之助を見つめ、

「ご忠告いたみいる」

というと、そのまま庫裡に引き返していった。背中を見せながら、

「もう用はすんだのだろう」

と、言葉を足した。

菊之助は何もいわずに、次郎とお豊をうながして来た道を後戻りした。

三

「そんなことだろうと思ったよ」

お豊が歩きながらいう。

「あの男のことだから、どうせ金儲けなんてできやしないんだよ。まったくあきれたどうしようもない男さ」

悪口を吐くお豊だが、少しは新五郎に期待していたようだ。

「お豊、深川の佐野屋は知っているか？」

菊之助はお豊を振り返った。

「仲町《なかちょう》の岡場所《おかばしょ》にあるよ。昔、あたしがいた店さ。へん、あの男、また用心棒でもやる気かもしれないね」

お豊はひょいと首をすくめた。

「わたしたちは宿に帰ったらすぐ江戸に戻る。おまえさんはどうする？」

「考えていることがあるんだ」

お豊はそういっただけで、詳しくは話さなかった。

柊屋に戻ると、早速荷物をまとめて勘定を払った。

「悪いわね、あたしの分まで……」

お豊は小鼻にしわを寄せて嬉しそうにいった。

「こっちが頼んだのだ。遠慮はいらぬ。それよりどうするつもりだ?」

旅籠から表に出た菊之助は、往還を眺めた。旅人や商家の奉公人たちの姿があるぐらいだった。禄蔵一家と思われる男たちは見えなかった。

「あんたたちは江戸に戻るんだよね」

「そうだ」

「あたしは、鎌倉に行こうと思う」

「鎌倉……」

「菊之助さんにいわれて考えたんだよ。あたしにとって小さな幸せって何だろうって……。このままじゃよくないのはわかっているし、そう長くやれる商売じゃない。それにあたしには変な虫がくっつくばかりだ」

お豊は「あーあ」とため息をついて、足許の小石を蹴った。

「鎌倉に東慶寺《とうけいじ》ってとこがあるらしいじゃないのさ」

「尼さんになるつもりかい」

次郎が訊ねた。

東慶寺は女人《にょにん》救済の寺で、とくに離縁を求める妻が駆け込むことで有名だった。

「入れてくれるかどうかわからないけど、行って頼んでみようと思うんだよ。汚れた体を清めてもらい、つつましく生きられたらそれでいいよ。もう金だ着物だ贅沢《ぜいたく》だというのには疲れた。いくら頑張ってみたところで先は知れているってもんだ。だったら、尼にでもなっちまおうかと思ってんだよ」

「へえ……」

次郎が感心したような顔をした。

「そう決めたのなら、行ってみるべきだろう。だが、断られたとしても、もとの商売には戻らぬほうがよいだろう」

菊之助はお豊を見た。何だかさばさばした顔をしていた。

「そのつもりさ」

「とにかく気をつけてまいれ。それから、これは少ないが路銀《ろぎん》の足しにしろ」

菊之助が懐紙に包んだ心付けを渡すと、お豊はびっくりしたように目をまるくした。

「こんなもの受け取れないよ。あたしは菊之助さんに会って、救われた気持ちになってるんだ」

「遠慮するな。鎌倉は近いようで遠いのだ。さあ」

菊之助は無理に受け取らせると、

「では、ここでお別れだ。達者でな」

と、背を向けた。

そのまま街道を江戸に向かって歩く。

「菊さん、お豊はまだ見送っていますよ」

しばらく行ったところで、次郎が後ろを振り返っていった。

「気にするな。あれはやっと気持ちを固めたんだ」

「ほんとに尼になるつもりですかね」

「信じるしかない」

菊之助は黙々と歩いた。しかし、新五郎の居所を先に秀蔵に伝えるべきだと思った。

「次郎、悪いが問屋場に引き返してくれないか。秀蔵に手紙を送りたい」

「合点《がってん》です」

次郎は気安く指図されるのがよほど嬉しいのか、久しぶりに白い歯をこぼした。

菊之助は矢立《やたて》を取り出すと、懐紙に所用を手短に書いて、次郎に渡した。

「先に行ってるから、追いかけてくれるか」

「わかりました。ひとっ走りしてきます」

次郎は元気よく府中宿に駆け戻っていった。

四

「五郎七、お栄が孕んでいたことはもうどうでもいい」

秀蔵はそういって団子を頬張った。

鎌倉河岸にある団子屋の縁台だった。

「それより、澤田さんの傷の具合はどうなのだ？」

秀蔵は、今度は甚太郎に訊ねて、団子の串を皿に置き、もぐもぐと口を動かすと茶を飲む。

「傷はすぐ治るようですが、左腕が思うように動かせないようです。あとで旦那いたいといってました」

　甚太郎は澤田に会ってきたばかりだった。

「それじゃ、このあたりに来るってことだな」

「そのつもりでしょう。それにしても、平松宋九郎はどこへ行ったんでしょうね」

「やつはここには来やしないさ。だが、やつといっしょに来たやつがいる」

　秀蔵は千草でしつこく聞き込みをして、宋九郎と同席していた客のひとりに目をつけていた。その客を覚えていたのは、千草の仲居をしているおもんだった。

　――お侍には見えませんでした。どこぞの番頭さんか旦那さんみたいな人です。

　おもんはそういって、その男の特徴を話した。

　小太りで福耳、髪は薄く、唇が厚い。

　たったそれだけの手掛かりではあるが、ここは執念であった。

　何しろ、秀蔵は不覚をとっている。危うく斬られそうになったのだ。それに軽傷だったとはいえ、澤田周次郎が斬られてもいる。

「他の侍のことも覚えてくれてりゃ、手間がかからないんですがね」

　地味な見張りが苦手な五郎七がぼやく。

「ここは堪《こら》えどきだ。何がなんでも宋九郎は捕まえる」

「やはり、やつがみどりさんの亭主と絵師の鷗斎を殺したんでしょうか?」

「それは何ともいえぬ」

そういう秀蔵だが、宋九郎が下手人だと確信していた。

鎌倉河岸はかつて江戸城が造られる際、相州《そうしゅう》から運ばれてきた石の荷揚場《にあげば》だったところである。その名残《なごり》はもう跡形もないが、材木置場が設けられている。

秀蔵たちは、その近くの茶店に陣取っているのだった。もっとも、おもんのいった商人ふうの男が、そこに現れるかどうかはわからない。

団子を頰張り、茶を飲んでいた秀蔵だが、その目は通りを行く男たちに注意深く注がれていた。とくに商人ふうの小太りが来ると、鷹のように目を光らせる。

しかし、これだと思うような男はいなかった。

(ここで網を張っていても埒《らち》があかねえかも……)

そう思うが、口にも顔にも内心の心許なさは出さない。

ただ、無情にも刻《とき》が過ぎるだけである。夕七つ(午後四時)の鐘音を聞くと、急に日の光が弱まり、風の冷たさが身にしみるようになった。

「澤田さんが見えました」

五郎七が竜閑橋を渡ってくる澤田を見ていった。

秀蔵が立ちあがると、澤田が急ぎ足でそばにやってきた。

「横山さん、宋九郎とつながりのある薬種屋《やくしゅ》のことがわかりました」

「薬種屋」

秀蔵は眉宇《びう》をひそめた。

みどりの夫・徳右衛門が毒殺されているからだ。

「紺屋町三丁目にある野口屋《のぐち》というのがそうです。主の彦左衛門《ひこざえもん》は、もとは小普請組の御家人です。宋九郎との付き合いは長いと聞きました」

「それを誰に？」

「いまは隠居していますが、同じ小普請組にいた鴨下征之助《かもしたせいのすけ》という方です。物堅い人で信用のおける話です」

「どんな男かわかりますか？」

「いえ、それを聞いて、いても立ってもいられなくなりまして、駆けつけてきた次第です」

「傷のほうはどうです？」

「たいしたことはありませんが、左手が思うように使えなくて往生します」

秀蔵は澤田が胸を斬られたと思っていたが、じつは腕を斬られていたのだった。

「だが、心配はいりません。こうやって歩くことはできますから……」

「無理はしないほうがいいですな」

秀蔵はそう言ってから、そばにいる者たちを振り返った。

「よし、みんな、場所を変える。紺屋町にある野口屋を見張ることにする」

「押さえなくていいんですか？」

甚太郎だった。

「押さえちまえば、宋九郎が警戒して近寄らないはずだ。だが、それとなく探りは入れておくか」

秀蔵は生えはじめた無精ひげを撫でてから指図をした。

「寛二郎、探りを入れるのはおまえの役目だ。これからどういう探りを入れればよいか歩きながら考える。ついてこい」

秀蔵を先頭に、紺屋町に向かった。もうあたりは暮れはじめていた。

秀蔵がいう紺屋町とは、正しくは、神田《かんだ》紺屋町三丁目のことである。東に道有《どうゆう》屋敷と武家地があり、南は火除《ひよ》け地となっている片側町だ。

澤田が聞き込んできた薬種屋の野口屋は、藍染《あいぞめ》橋のそばにあった。近くには鼈《べつ》甲櫛笄《こうくしこうがい》の大店〈伊勢屋《いせ》〉がある。

野口屋は伊勢屋に比べれば、ずいぶん狭い間口だが、軒や屋根の看板は立派である。つらなる商家の暖簾はまだ下げられていない。

だが、居酒屋や料理屋の行灯には火が入れられていた。

秀蔵は何食わぬ顔で、野口屋の前を通りすぎ藍染橋のそばにある一膳飯屋にはいった。そこから野口屋がまる見えである。

隅の席に陣取ると、早速、寛二郎に、

「野口屋の亭主の顔を見てこい」

と指図した。

「他には?」

寛二郎は意外そうな顔をした。

「それだけでいい。妙に探ればあやしまれるのが落ちだ。宋九郎は澤田さんとおれを襲っている。野口屋が宋九郎とつながっていれば、警戒しているはずだ。行け」

すぐに寛二郎は出ていった。

「五郎七、甚太郎。おまえたちは野口屋の裏を見張れ。宋九郎が来たら下手に手出しせずに、すぐ知らせにこい」

「はい」

五郎七と甚太郎は声を揃えて返事をすると、店を出ていった。

それを見届けた秀蔵は、店の主を呼び、

「今夜はしばらくこの席を借りる。迷惑はかけないから、おれたちにはかまうな」

秀蔵はひと目で町方とわかるから、主は恐縮の体で頭を下げ、

「何かあるんでございますか？」

と、興味津々《しんしん》の目を向けた。

「人を捜しているだけだ」

秀蔵はとぼけて、適当な肴を見繕い、酒を五本持ってこいといった。

「澤田さん、片腕が不自由だと大変ですな」

秀蔵は澤田が内職をしていることを知っている。両手を使わなければできない仕事だ。

「じきに治るでしょう」

澤田は自分の左腕をさすった。

酒肴《しゅこう》が運ばれてくると、秀蔵は茶を注文した。もとより酒を飲むつもりはない。

しばらくして寛二郎が戻ってきた。

「顔はたしかめました。それに、自分が元侍だったことを口にしました」

秀蔵はぴくりと眉を動かした。

「なぜ、そんなことを……」

「侍の客がいたんです。その侍と世間話をしておりまして、自分でそうだったといって、商人も大変などと、そんなことを……」

「そうか。それでなにか気づくことはなかったか?」

「とくにありません。あやしまれるといけないので、熱冷ましの薬を買ってきました」

「上出来だ。今夜は遅くまで張るぞ。心しておけ」

秀蔵は表情を引き締めると、指につばをつけて、障子窓に穴をあけた。

五

内藤新宿まで来たとき、あたりはすっかり暗くなっていた。

菊之助と次郎は府中を発つと、何度か小休止をしただけで、ずっと歩き詰めだった。

大木戸を過ぎて四谷まで来ると、やはり江戸は在所《ざいしょ》とはずいぶん違うと思わずにはいられない。商家も煮売り屋の数も、八王子や府中とは比べものにならない。

「次郎、飯を食っていくか。ここまで来れば、我が家は目と鼻の先だ。焦ることもないだろう」

「そうですね。高井戸で小腹を満たしただけですから」

「その先の店に入ろう」

菊之助は目についた飯屋に入った。

「手紙は秀蔵に渡っているかな」

「もうとっくについているはずです。でも、旦那が見廻りや探索に出ていれば、どうかわかりません」

「そうだな」

菊之助は格子窓を少し開けて、夜空をあおいだ。

浮かんでいる三日月が寒々しい。

すっかり暮れているが、暮れ六つ（午後六時）過ぎだ。江戸の町が眠るにはまだ早い時刻である。

秀蔵が平松宋九郎を捕まえていれば、手紙はすでに読んでいるだろうが、いまだ探索の途中ならば、深川の佐野屋は手つかずのままだろう。

注文した魚の煮付けと飯が運ばれてきた。二人は黙々と食べるが、菊之助はときどき次郎を窺《うかが》い見た。

府中できつい灸を据えて以来、次郎は健気《けなげ》になっている。いつもの生意気さをどこかに隠し、菊之助にいつにない思いやりを見せたりもする。

（可愛いやつだ……）

菊之助はふっと口許に笑みを浮かべて、飯を食べた。

「菊さん、おいら横山の旦那の家に寄ってきましょうか。手紙のことが気になりますし」

「そうだな。平松宋九郎のこともどうなっているか知りたいしな」

「それじゃ菊さん、先に家に帰っていてください。おいらがひとっ走りしてきますから」

「そうしてくれるとありがたい」

旅の疲れもあるのに、次郎は気の利いたことをいう。これもあの〝灸〟が効いたのかと、菊之助は苦笑する。

飯屋を出ると、そのまま堀沿いの道を急ぎ足で辿《たど》った。

二葉町《ふたばちょう》と山城《やましろ》河岸をつなぐ土橋を渡り、町屋を抜けて東海道に出、京橋が近づいたところで、次郎が先に走っていった。

菊之助はそのまま楓川沿いの道から江戸橋を渡って、自宅長屋をめざした。

空には星が浮かんでいる。

風も冷たいが、我が家が近づくと、ホッと安堵の息が漏れる。

「ただいま帰った」

声をかけて戸口を開けると、居間にいたお志津が立ちあがって、満面に笑みを浮かべた。飼い主の帰りを待っていた犬のような喜びようである。

お志津は菊之助のために、足拭きを持ってきて、振り分け荷物を受け取り、羽織を脱ぐのを手伝う。

その間に、みどりが着々と手習所の準備を進めていて、もういつでも子供たちを預かれるなどと、嬉々《きき》とした表情で報告する。

「すると、件《くだん》の平松宋九郎はまだ捕まっていないのだな」

「秀蔵さんからは何も言ってきませんので、きっとそうなんでしょう。でも、みどりさんはすっかり気持ちを整理されたようです。もともとさばけた人なんでしょう」

「それは何よりだった。熱い茶をもらおうか」

菊之助は着替えもせずに、居間に腰を据えて火鉢にあたった。

「もし、宋九郎という人が捕まっても、自分はもう何も口出しもしたくなければ会いたくもない、それでいいと思うと、そんなこともいうのよ」

「それがみどりさんのためでもあろう」

「それで盗人のことはどうなったのですか?」

お志津が茶を出しながらいう。

「見つけることはできなかった」

「それは残念でしたね」

「急ぎ旅だったので、土産も何もない」

「そんなこと気にされずとも結構です。元気に帰ってきていただけるのが、何よりのお土産ですよ」

お志津はひょいと首をすくめて微笑む。

「くすぐったいことをいうやつだ」

菊之助も悪い気はしないから、照れ笑いをして茶を飲む。戸口に次郎の声がしたのはそのときだった。

「入れ」

土間に入ってきた次郎は、お志津にそっけないほど簡単な挨拶をすると、

「横山の旦那はまだ手紙を読んでいません。今夜は見張りで遅くなるとのことでした」

と、菊之助に告げた。

「見張り場はわかるか？」

「ちゃんと聞いてきました」

菊之助は視線を彷徨《さまよ》わせたあとで、

「お志津、悪いがちょいと出かけてくる。秀蔵に会わねばならぬのだ」

と、腰をあげた。

お志津は顔を曇らせたが、何も言わずに送り出してくれた。

そのころ、秀蔵が見張り場にしている飯屋に変化があった。

気づいたのは澤田である。

「おや、あれは……」

澤田の目が光ったのを、秀蔵は見逃さなかった。

「誰です？」

暖簾を下ろし、戸を閉めた薬種屋・野口屋の潜《くぐ》り戸をはいっていった男がいたのだ。

「小普請組の三村市蔵《みつむらいちぞう》という、平松宋九郎と昔から仲のよい男です」

「何かあるな……」

秀蔵は表情を厳しくして、通りに目を注いだ。

「鎌倉町の千草で宋九郎が会ったひとりかもしれません」

澤田が緊迫の声を漏らす。

店は酔客の声で騒がしくなっていた。二人がいるところだけが静かであるが、酔った客は気にも留めていないようだ。

「押さえるか……」

秀蔵は低声《こごえ》を漏らして、唇を嚙んだ。

だが、三村市蔵は小普請組の御家人とはいえ幕臣である。身柄を確保することはできない。かといってこのまま放っておくこともできない。

野口屋の主・彦左衛門は押さえてもかまわないのだが……。

思案のしどころであった。

三村市蔵を尾行すれば、平松宋九郎の居所がわかるかもしれない。そうしたほうがいいか、それとも咎めを受けるのを覚悟で押さえてしまうか。

秀蔵は判断に迷った。

「いかがします?」

澤田が顔を向けてきた。

六

源助店を出た菊之助と次郎は、人形町《にんぎようちよう》通りを急ぎ足で歩いた。いつの間にか風が強くなっており、次郎の提《さ》げている、ぶら提灯が大きく揺れる。

袴の裾もめくりあげられ、髪も乱れた。

町屋にはまだ明かりがともっている。

牢屋敷の裏をとおり、九道《くどう》橋を渡って紺屋町三丁目の町屋に入った。

「横山の旦那がいるのは藍染橋そばの一膳飯屋です」

「あれか……」

菊之助は目ざとくその店を見つけた。

ちょうど酔った客が二人出てきたところだった。

菊之助と次郎がその店に近づいたとき、またもや戸がガラリと開き、二人の男が出てきた。秀蔵と澤田だった。

ハッと目と目が合うと、

「秀蔵」

「菊の字」

と、同時に声をかけ合った。

「どうした？」

菊之助が先に聞いた。秀蔵が常になく興奮しているのがわかったからである。

「そこに野口屋という薬種屋がある。平松宋九郎とつながっている節があるし、平松と胸襟《きょうきん》を開いている仲間がはいった」

「押さえるのか」

「そうだ。もうこれ以上、待ってはおれぬ」

「平松の仲間というのは浪人なのか？」

「幕臣だ」

菊之助は澤田の顔を見て、秀蔵に視線を戻した。

「相手が幕臣ならおまえが手を出すのはまずい。ここはおれと澤田さんにまかせろ。その前に話がある」

「なんだ？」

「野火の新五郎が江戸に戻ってきた。そのことを伝えるために手紙を出したのだが、まだおまえには届いていなかったようだ」

秀蔵の眉が動いた。軒行灯がその片頬を染めている。

「新五郎はお豊という女を追って八王子に向かったが、府中を牛耳《ぎゅうじ》ろうとしている浪人組がいた。それに加担するつもりだったようだが、話がこじれて江戸に舞い戻ったらしいのだ。深川の佐野屋という女郎屋にいるかもしれぬ」

「なんだと……」

秀蔵はこめかみを痙攣《けいれん》させるように動かして、奥歯を噛んだ。

「佐野屋は仲町にある」

「いま、いるのか？」

「それはたしかめなければわからぬ」

「くそっ、どうするか……」

秀蔵は地団駄《じだんだ》を踏みそうな顔で夜空をあおいだ。拳を握りしめ、

「体が二つありゃいいが」

と愚痴る。

「先に三村と野口屋を押さえましょう」

澤田はそういってつづけた。

「荒金さんのおっしゃるように、ここはわたしと荒金さんにおまかせください。

やはり横山さんが手を出すのはまずいのではありませんか」

「……しかたがない。よし、まかせた。だが、油断するな」

「わかっている」

菊之助は応じて、澤田をうながした。

すると、すぐに秀蔵が呼び止めた。

「澤田さんは左手が使えねえ。いざとなったら菊之助、頼むぜ」

いわれた菊之助は澤田を見て、

「なぜ、左手を？」

澤田は鎌倉河岸の一件を簡単に話した。

菊之助は秀蔵も襲われたと聞いて驚いたが、

「とにかく野口屋へ……」

と、いって足を進めた。

野口屋の前に立つと、菊之助が戸を敲《たた》いて声をかけた。

「どなたさまでございましょう」

しばらくして声が返ってきた。

「夜分に申しわけありません。ちょいと薬を求めたいのですが、どうにも腹具合が悪くてどうしようもないのです」

菊之助は機転を利かせて答えた。

「我慢できませんか？」

「我慢できないので伺っておるんです」

しばらくの間があって、ちょいとお待ちをという声が返ってきた。

菊之助は脇の潜り戸の前に立ち、澤田がその横に控えた。

潜り戸が開き、野口屋の顔がのぞいた。菊之助を見て、

「お侍ですか」

という。

菊之助の背後に目がいったが、暗がりなので澤田の顔は見えなかったはずだ。

「すまぬが、是非に……」

野口屋彦左衛門は迷惑顔をしたが、

「それじゃ、お入りを」

しぶしぶ菊之助を店のなかに入れた。澤田があとからついてくる。

「お仲間も……」

彦左衛門は澤田を見ていったが、帳場にはいって、百味簞笥《だんす》を引き開けた。

菊之助はいくつもの甕《かめ》が置かれた土間に目を向けた。

上がり框の下に一揃いの雪駄《せった》がある。

三村市蔵という男は、帳場裏の客間にいるようだ。障子の向こうに影がある。

「主、おぬし、昔は御家人だったらしいな」

澤田の声で、彦左衛門が振り返った。

「へえ、さようです。どこでお知りになりました」

「ここに三村市蔵なる男が訪ねてきているであろう」

彦左衛門の顔が強ばった。

「会って話をしたい。呼んでくれぬか」

澤田の言葉で、隣の間の障子がさっと引き開けられた。

「誰だ？」

三村市蔵が冷たい目を澤田に向け、ついで菊之助を見た。

「何用だ？」

「平松宋九郎を知っているであろう。おぬしとは昵懇《じっこん》の仲だ。住まいも近所だったはずだ」

「それが何か……」

「おれは宋九郎に襲われた。鎌倉町にある千草という小料理屋のそばだ」

三村の顔色が変わった。澤田はかまわずに話をつづける。

「おれは澤田周次郎という。宋九郎から聞いたことはないか」

「おぬしが澤田か……」

「知っているなら話が早い。ならば、宋九郎同様に御家人株を売って三味線屋を開いた春日徳右衛門のことも知っているはずだ。その徳右衛門は宋九郎に毒殺された疑いがある。さらには、絵師になった但馬重兵衛をも殺している疑いがある」

三村は能面顔になっていた。

「野口屋彦左衛門。宋九郎は徳右衛門を毒殺しているようだが、もしやおまえがその毒を用立てたのではないか」

「澤田、いいがかりをつけに来たのか」

三村の形相《ぎょうそう》が一変していた。ぴしゃんと障子を閉めると、土間に下りてきて雪駄を履き、近くに立った。

「いいがかりではない。宋九郎の居場所を教えてくれないか。やつとは膝詰めで話をしなければならぬ」

「そんなこと……」

「やつは人殺しかもしれぬのだ」

「物騒《ぶっそう》な話を他人の店ではできぬ。表に出ろ」

三村は気色《けしき》ばんだ顔でいった。菊之助は警戒した。澤田は刀を使える体ではない。

先に澤田が出て、菊之助がつづいた。

菊之助は一度、秀蔵のいる店を見たが、何の変化もない。

「澤田、おぬし、浪人になったのか？　それとも、いまだ小普請組に……」

最後に出てきた三村が聞いた。

「いまだにおぬしと同じ小普請組だ」

「さようか。宋九郎と会って何を話す?」

「さっきの件を訊ねるだけだ」

「それだけか?」

「もし、やつの仕業だったならば、放ってはおけぬ」

「斬るか」

「……そうなるかもしれぬ」

「ならば」

三村はそういうなり、刀を引き抜いた。

菊之助も同時に刀を抜いた。

七

「澤田さん、さがるんだ」

菊之助は澤田を押しのけると、三村と対峙《たいじ》した。

「きさまは浪人であるか?」

三村が間合いを詰めてくる。

「そうだ」

菊之助はジリッと後ろにさがった。

表通りだが、提灯もない暗がりである。弱い星明かりが頼りだ。

三村は落ち着いた足の運びで横に動くと、送り足を使って一挙に間合いを詰めてきた。剣先がすうっと上に持ちあがったかと思うと、いきなり右足を踏み込み、胴を薙ぎ払いに来た。

菊之助は半身をひねりながら、三村の刀をすりあげた。だが、三村はとっさに離れて、自分の間合いを取って、青眼に構えなおした。

「何故こんなことをする?」

菊之助は自分の刃圏《やいばけん》を見定めて問うた。

「宋九郎には手出しをさせぬ」

「なぜだ?」

「きさまらに答えることは何もない」

そういうと裂帛《れつぱく》の気合を込めて、上段から袈裟懸けに刀を振り下ろしてきた。

菊之助は下がりながら、切っ先を打ち払った。

小さな火花が闇に散る。

暗がりのなかでも、三村の双眸《そうぼう》が赫々《あかあか》と燃えるようになっているのがわかった。総身に殺気がみなぎっている。

菊之助は手加減できぬ相手だと覚悟していた。斬られる前に斬るしかない。

目の端で、澤田が動くのが見えた。刀を右手一本で持っている。

「澤田さん、手出し無用だ」

菊之助は注意を喚起すると同時に、峻烈《しゅんれつ》な突きを送り込んだ。

三村は上半身を右にひねりながら、足を払い斬りにきた。だが、それは間合いではなかったので、菊之助に冷や汗をかかせるに留まった。

スススッと、三村が後ろにさがり、体勢を整えなおした。

すでに両者は息があがりそうになっていたが、努めて相手に気取《けど》られないように、小さく息を吐き、そして吸う。

足音が近づいてくる。秀蔵たちが駆けつけようとしているのだ。

だが、菊之助にはそれをたしかめる余裕はない。三村は手練《てだ》れである。隙を見せた一瞬が命取りになる。

菊之助は爪先で地面を噛み、半寸、また半寸と間合いを詰める。

三村は動かずに、菊之助の出方を待っている。

風が吹き抜け、袴の裾があおられた。

「やめろ！」

秀蔵が怒鳴った。

その刹那《せつな》、菊之助は前に跳ぶと、三村の片腕を斬りつけた。

「うッ……」

三村が大きくさがった。

菊之助には傷が浅いことがわかっていた。

「はかったな」

三村はそういうなり、くるっと背中を見せると、一散《いっさん》に駆け出した。

菊之助は追いながら、

「秀蔵、野口屋を押さえるんだ！」

と叫んでいた。

三村は道有《どうゆう》屋敷の町屋に逃げ込んだ。暗い路地を駆け抜けるのが足音でわかる。

追う菊之助のあとをついてくる者がいた。

「菊さん、先回りします」

次郎だった。

「やめろ。おまえの相手ではない」

だが、次郎は聞かなかった。脇の路地に飛び込むと、三村が飛び出すであろう表通りに駆けていった。

菊之助は長屋のどぶ板を踏み割り、積んである薪《まき》を手で払いのけて走る。赤子の泣く声と、背中に怒鳴り声がぶつかってきた。かまっている場合ではなかった。厠から出てきた男が棒立ちになっていた。

「どいてくれ」

菊之助は相手を押しのけて、三村を追う。三村の影は路地の先にあった。もう木戸口を抜けるあたりだ。

菊之助は髪振り乱して駆けると、路地を飛び出した。

そのとき横合いから、ムササビのような影が飛んできた。

避ける暇もなく、菊之助は後ろにあった天水桶に背中を打ちつけた。ガラガラと手桶が音を立てて転がり、三村の影が眼前で大きくふくらんだ。

第六章　小普請組

一

（いかん、斬られる）

菊之助はこれまで味わったことのない恐怖に襲われた。

両手は体を支えるために、後ろにある。背後はおろか、横に逃げることも前に跳ぶこともできない。

三村の白刃が刃風をうならせて振り下ろされてくる。

菊之助の脳裏に「死」という一語が浮かびあがった。恐怖のあまり体が硬直していたが、この危機を逃れようと勝手に体が動いた。

のびたように仰向けに寝そべり、半身をひねったのだ。それは一瞬の判断にすぎなかった。直後、襲いかかってくる白刃が背中に転がっていた手桶を、ガツンと撃ちたたいた。

「痛ッ」

三村が低い声を漏らしてさがった。

菊之助には何が起こったのかわからなかった。三村から離れるために、横に転がって片膝を立て、刀を構えなおした。

三村はこめかみのあたりを押さえ、次郎に刀を向けていた。

「次郎、下がれッ」

菊之助はいうなり、次郎の前に立った。そのとき、次郎が三村に薪ざっぽうを投げたことがわかった。その薪ざっぽうが三村のそばに落ちている。

「きさまら……」

うめくような声を漏らした三村が、脇構えになって撃ちかかってきた。

菊之助はその剣先を払いあげながら三村と交叉すると、素早く身を翻し、三村の右肩に一撃を見舞った。

「うぐっ……」

三村の手から刀が落ち、よろよろと数歩進み、片膝をついた。そのまま振り返

るなり、

「斬れッ」

と、恨みがましい目で見てくる。

そのとき、菊之助の刀は三村の首筋にあてられていた。

「そうあっさり死なれては困る。次郎、縄を打て」

刀を突きつけられた三村は動くことができないばかりか、斬られた肩の痛みで顔をゆがめていた。

次郎が手際よく三村を後ろ手に縛りあげた。

「いま手当てをしてやる。出血がひどくなるから暴れたりするな」

菊之助はそういって三村を引き立てた。

野口屋に戻ると、帳場で彦左衛門を囲むように秀蔵、五郎七、甚太郎、寛二郎、澤田が取り巻いていた。彦左衛門は怒りのせいか顔を紅潮させていた。燭台《しょくだい》の明かりも手伝い、まるで赤鬼の形相だ。

後ろ手に縛られた三村を土間に座らせると、

「この人たちは無礼である。三村さん、怯むことはありません。あなたは幕臣なのですから、町方の詮議《せんぎ》など受けることはないのです」

彦左衛門がそういって、秀蔵をにらんだ。

「やい、野口屋。てめえも元は侍だったから肚《はら》の据え方には感心するが、妙なことをいうんじゃねえ」

秀蔵はこういったとき、ぐっと砕けたべらんめえ調になる。

「おれが調べてるのはてめえと、てめえがつるんでいるらしい平松宋九郎のことだ。三村はおれには関係のねえ男だ」

「そうだ。この男はわたしに斬りかかってきたので取り押さえただけにすぎぬ」

菊之助がそういえば、

「幕臣の調べは幕臣がする。それはわたしの役目だ」

と、澤田が毅然《きぜん》とした顔でいう。

彦左衛門も三村も、ムッとした顔で押し黙った。

「次郎、奥の間に行って傷薬と晒《さらし》をもらってこい」

野口屋の家人は、息を詰めたように奥の間でひっそりしていた。秀蔵が指図したのかもしれないが、彦左衛門がいいつけたのかもしれない。

「野口屋、いつまでも白《しら》を切りとおすことはできねえんだぜ。てめえが平松宋九郎の悪事に加担しているのは、ほぼ間違いねえことだ」

秀蔵は彦左衛門の襟をつかんで、顔がくっつくぐらいに近づけた。

「何の証拠があってそんなことを……」

彦左衛門は顔をそむけるが、秀蔵が顎をつかんで向きなおらせる。ぐっとにらみを利かせて、片頬に皮肉な笑みを浮かべた。

「町方を甘く見るんじゃねえぜ。証拠なんてものは、その気になりゃいくらでも揃えてやるさ。だがよ、てめえが正直に話をしてくれりゃ、目こぼしってこともあるんだ。てめえは人を殺《あや》めちゃいないだろうからな……」

「平松が殺めたというのですか？」

「さあ、それはどうかな。だが、やつはおれの面を見て逃げ、斬りつけてきた。そこにいる澤田さんは斬られてもいる。やつぁ、それだけで罪人だ。罪人を匿《かくま》うとどうなるかぐらい、よく知っているだろう」

「………」

彦左衛門は黙り込んだ。紅潮していた顔が、どす黒くなっている。

その間に次郎が薬と酒と晒をもらってきて、菊之助が三村の傷の手当てをした。

「じっとしておれ」

菊之助は自分が斬りつけた、三村の傷を見た。

もっと深いかと思ったが、そうでもなかった。傷口に酒を吹きつけ、膏薬《こうやく》を塗り、晒を巻いてやった。

三村はその間じっとしていたが、明らかに動揺を隠せない顔つきだった。

「三村、宋九郎が何を企んでいるか知らぬが、やつは二人を殺している疑いがある」

澤田の言葉で、三村がゆっくり顔をあげた。

「二人とも、元はおれたちと同じ小普請組の御家人だ。春日徳右衛門と但馬重兵衛を知っているか？」

「徳右衛門なら知っているが、但馬のことは話を聞いているだけだ。絵師になったそうだが……」

「二人とも宋九郎と仲のよかった者だ。その二人を宋九郎は殺した疑いがある」

三村は両眉をぴくりと動かして、目をみはった。

「……嘘だろ」

「二人は死んだのだ。徳右衛門は毒殺されたかもしれない」

このとき菊之助は、彦左衛門がギョッと驚いたのを見逃さなかった。

澤田は話をつづけた。

「また、但馬がどんなわけがあって殺されたか知らぬが、但馬の妻もいっしょに殺されている」

「それじゃ三人も……宋九郎がやったというのか？」

彦左衛門同様、三村の目に驚きの色が浮かんだ。

「そのことをたしかめるために、やつを捜していた。やっと会えたと思い、そのことを訊ねようとしたところ、いきなり斬りつけて逃げたのだ」

「………」

「後ろめたいことがなければ、斬りつけたり逃げたりはしないはずだ」

「まことか。まことにやつがそんなことを……」

菊之助たちは二人のやり取りを黙って見ていた。

「おれは嘘はいわぬ。おまえたちは鎌倉町の千草という店で何度か密会をしている。ただの集まりとは思えぬが、いったい何を企んでいる」

「……何の話をしたか、それをここで教えてくれとはいわぬ。だが、宋九郎の居所を教えてくれぬか」

三村はちらりと彦左衛門を見た。

「なぜやつにこだわる？」

「徳右衛門はわたしの友だった。宋九郎とも友であった。だが、その友を宋九郎が殺した疑いがあるからだ」

「もし、宋九郎の仕業なら仇を討ちたいと申すか」

「仇討ちをするのはわたしではない。御新造《ごしんぞう》のみどり殿だ」

三村は唇を強く噛んで、澤田を短く凝視すると、帳場に座っている彦左衛門を見た。

「彦左衛門、いまの話をどう思う？」

「もし、ほんとうなら、わたしたちは……」

「なんだ？　わたしたちがどうした？」

声を荒らげたのは秀蔵だった。

彦左衛門の顔に苦渋の色が浮かんだ。

「わかった。澤田、おまえの話を信じよう」

全員が三村を見た。

「いってはならぬ！」

彦左衛門が慌てた声を発したが、三村は聞かなかった。

「宋九郎は……元飯田町《もといいだまち》の戸川英三郎《とがわえいざぶろう》の家だ。そこにいなければわからぬ」

「詳しい場所を教えろ」

秀蔵が立ちあがって聞いた。

「俎橋《まないたばし》のそばだ。あの町の番屋に行けばすぐわかると思う。口で言うよりそっちのほうが早い」

秀蔵はさっとみんなを眺めわたした。

「甚太郎、寛二郎。おまえたちは、この二人の見張りだ。野口屋、おれが戻ってくるまで、この店から出てはならぬ」

ぴしゃりといった秀蔵は、

「あとの者はおれについてこい」

といって、土間に飛び下りた。

二

空をわたる風がぴゅーぴゅーと鳴っていた。

通りを吹き抜ける寒風が、急ぎ足で歩く菊之助たちの髪を乱し、裾を翻らせる。

「澤田さん、戸川英三郎を知っているのですか？」

秀蔵が襟をかき合わせながら聞く。

「面識はありませんが、おそらく同じ小普請組の者でしょう」

「そうなると面倒だな」

秀蔵は考えながら歩く。

「とりあえず押さえるのは、宋九郎だけでよいのではないか」

菊之助が口を挟んだ。

「うむ。まずは相手をたしかめてからであるが、戸川なる者にはなんの疑いもない。とにかく平松宋九郎を押さえるだけでよいだろう」

みんなは堀沿いの道を歩いていた。

江戸城が闇のなかに黒々と浮かんでいる。

組橋を渡ると、指図を受ける前に次郎が元飯田町の自身番にすっ飛んでいった。

「次郎の野郎、なかなか気が利くようになった」

秀蔵が感心顔でうなずく。

風が強いので提げている提灯が大きくあおられた。

次郎はすぐに戻ってきた。

「わかりました。こっちです」

次郎の案内で菊之助たちは、元飯田町の木戸口を入り、二つ目の路地に入った。小さな一軒家があった。

その家の前に立ったのは、秀蔵、菊之助、次郎、澤田、そして鉤鼻《かぎばな》の五郎七である。

秀蔵は五郎七と次郎を裏にまわらせると、提灯を消し、門戸をなるべく音を立てないように開けて玄関に進んだ。

狭い庭に松や楓《かえで》などが植えられていた。暗いが手入れが行き届いているのがわかる。

玄関の前に来て、澤田が低声《こごえ》で秀蔵に申し出た。

「穏やかにまいりましょう。ここはわたしにまかせてもらえませんか」

秀蔵が菊之助を振り返ったので、

「おまかせしよう」

と、菊之助は答えた。

「夜分に申しわけありませんが、お頼み申す」

澤田が戸を敲いて声をかけた。怪我をしている左手は庇ったままだ。

「どなたで……」

「こちらは戸川英三郎殿のお宅でございましょう」

しばらく間があって、違う声が返ってきた。

「澤田だな。ひとりか？」

平松宋九郎の声だった。

「おまえに話があってまいった」

「ここを誰に？」

「あれこれ訪ね歩いてわかった次第だ。会って話がしたい」

「帰れ。おぬしになど話はない」

澤田が秀蔵と菊之助を振り返って、もう一度声をかけた。

「帰れといってるんだ！」

宋九郎の怒声を聞いた秀蔵が、押し込む、と小さくつぶやいた。

菊之助は片手をつかんで、澤田を背後に下がらせた。あとは自分たちでやると告げる。

秀蔵が思い切り戸を引き開けようとしたが、ビクともしなかった。心張り棒をかけてあるのだ。

「悪いが押し入るぜ」

そういうなり、秀蔵は乱暴に戸板を蹴破った。

バリンという派手な音が夜闇にひびきわたった。視界が開けたと同時に、宋九郎が刀を抜いて、土間に飛び下りた。

菊之助と秀蔵は鯉口を切って身構えた。

「なんだ、町方を連れての参上か……」

宋九郎は、すでにやる気充分という目をしていた。

「斬り合うつもりはない。話を聞きたいのだ。刀を引け」

秀蔵が忠告するが、宋九郎は青眼の構えを崩さない。

「他人の家に迷惑をかけたくはないだろう。ここはおぬしの家ではないはずだ」

「宋九郎、相手はそういっているのだ。話だけでも聞いたらどうだ」

居間から顔をのぞかせていうのは、おそらくこの家の主である戸川英三郎だろう。

「こいつらと話などできるか」

「平松宋九郎、おまえは罪を免《まぬか》れられぬぞ」

秀蔵がジリッと間合いを詰めた。

「何をいいやがる」

「きさま、野口屋彦左衛門から毒薬を用立ててもらい、春日徳右衛門を殺したな」

「なんだと……」

宋九郎は目を吊りあげた。

「野口屋は素直に話してくれたぜ」

菊之助には秀蔵がカマをかけているのがわかった。

「嘘だ」

「嘘であるものか。だったら、なぜここがわかったと思う。よく考えてみな。きさまとつるんでいる三村市蔵も押さえてある」

「なにィ」

「観念しろ」

「そんなことがあるか。出鱈目《でたらめ》だ！」

宋九郎は叫ぶなり、突きを送り込んできて、すぐさま逆袈裟に秀蔵を斬りにきた。

秀蔵は半歩身を引きながら、鯉口を切っていた刀を鞘走らせると同時に、宋九郎の腕を刎《は》ね斬っていた。

「むん」

腕を斬りつけられた宋九郎だが、気丈《きじょう》にも再び撃ちかかってきた。捨て身の攻撃であったがために、秀蔵と菊之助は大きく後ろにさがり、玄関の外に出た。

「てめえら、ぶっ殺す」

宋九郎は獰猛《どうもう》な獣になっていた。

星明かりに照らされた双眸が、光を放っている。

「さがっていろ」

秀蔵が、静かに菊之助に首を振った。自分で片をつけると言葉を足す。

菊之助はゆっくり後退した。

秀蔵が腰を落とし、刀の柄をやわらかく握りなおす。

宋九郎がじりじりと間合いを詰めてくる。

一陣の風が庭木の枝葉を揺らしたとき、宋九郎が怪鳥《けちょう》のような声を発して、右面を叩き斬りにきた。

長身の秀蔵の身が、優雅に横に動いたかと思うと、白刃がさっと条《すじ》を引くように闇のなかを奔《はし》った。

直後、宋九郎の手から離れた刀が、星空へ向かって翔《か》け上《のぼ》り、頂点をきわめると、そのまま庭木のなかにバサリと音を立てて落ちた。

「ここまでだ。おまえの身はおれが預かる」

秀蔵は宋九郎の首根に刀をあてがっていた。

三

「きさま、何故におれをここまで……」

宋九郎は怒りに滾《たぎ》った目を澤田に向けた。

「きさま、徳右衛門を殺したな。正直に申せ、もういい逃れなどできぬのだ」

澤田は宋九郎を凝視した。

「どうなのだ」

「ああ、そうさ。やつはおれを裏切ったからな」

「何をだ。何を裏切ったと申す。徳右衛門はそんな男ではなかった。おぬしはやつとよい仲ではなかったか。それをなぜ殺した。あやつには妻があったのだぞ」

澤田は感情を高ぶらせているのか、目を潤《うる》ませていた。

「しかたなかったのだ！　そうするしかなかったのだ！」

宋九郎は秀蔵に刀を突きつけられたまま、狂ったようにわめいた。

「なぜだ？　なぜ、友を殺すようなことをしたのだ。おぬしは……つまりは、徳右衛門の友ではなかった。そういうことだな」

「ほざけッ」

「友とは信義を重んじるものではないか。おぬしは……情けない男だ。可哀相なやつだ。愚かだ、愚かすぎる……」

澤田は握りしめた拳をぶるぶるふるわせたかと思うと、両目に涙をあふれさせた。そのことに宋九郎は信じられないといったように目を見開いた。

「な、なぜだ……きさま、なぜ泣くのだ？」

澤田は宋九郎の問いには答えなかった。

ただ、むなしそうに首を振って、背中を見せた。

「とにかく、きさまからはじっくり話を聞かねばならぬ。五郎七、縄だ」

秀蔵に命じられた五郎七が、素早く宋九郎に近づき、高手小手《たかてこて》に縛りあげた。

それを見た秀蔵は、玄関に佇んでいる戸川英三郎に顔を向けた。

「戸川殿、見てのとおり平松宋九郎は連れて行くが、いずれ貴殿からも話を聞くことになろう。目付よりの呼び出し、待つがよい」

戸川は呆然と立っているだけで、何も言葉を発しなかった。

「行け」

秀蔵が首を振ると、縄尻を取っている五郎七が宋九郎の肩を押した。

菊之助もそのあとにつづき、

「新五郎のことはどうする？」

と秀蔵に訊ねた。

「むろん、放ってはおかぬ。だが、今夜はこやつの調べをじっくりしなければならぬ。新五郎のことは明日までお預けだ」

「それでいいのか？」

秀蔵が顔を向けてきた。

「おまえは旅から帰ってきたばかりだ。だが、頼まれてくれるか」

「うむ。深川にいるかどうか、そのことだけでもたしかめてこよう」

「明日の朝、使いを出す」

「わかった」

応じた菊之助は、

「次郎、ついてこい」

といった。

その夜、秀蔵は平松宋九郎を近くの自身番に押し込み、澤田周次郎同席のもと、調べをはじめていった。

その間に、菊之助と次郎は深川にはいり、永代寺門前仲町《えいたいじもんぜんなかちょう》にある佐野屋という女郎屋に探りを入れたが、野火の新五郎が潜伏しているかどうかは不明であった。

すでに近所の商家が店を閉めていたので聞き込みができなかったのと、佐野屋が暖簾を下ろしていたからであった。

自身番や木戸番に訊ねても、新五郎のことはわからなかった。

収穫もなく家路についた菊之助と次郎は、闇に抱かれた永代橋を無言で渡った。口を利かないのは、鉛のように重たい疲れがあったからであるが、自宅の長屋に近づいたとき、

「菊さん、澤田さんはどうしてあのとき涙を……」

と、次郎が怪訝《けげん》そうな顔を向けてきた。

「おれもそのことを考えたのだが、あまりにもむなしすぎたのだろう。友のありがたみを忘れた平松宋九郎のことを、哀れすぎると感じたのかもしれぬ」

「澤田さんは、友とは信義を重んじるものだといわれました」

「まことにそうであろう」

「菊さんと横山の旦那もそうですか……」

菊之助は口辺に笑みを浮かべて次郎を見た。

「そうでなければやつはおれを頼りはしないだろうし、おれもやつとは付き合わない」

「……そうでしょうね」

「次郎、明日は早くなるだろう。今夜はゆっくり休むことだ」

「菊さんも……」

そういった次郎は、ぶるっと体をふるわせた。

夜の冷え込みが一層厳しくなっていた。菊之助も襟をかき合わせた。そのとき、遠くの空に、尾を引いて消えてゆく流れ星が見えた。

四

その夜、泥のように眠った菊之助は、夜明け前に目を覚ました。神経が高ぶっているせいかもしれない。

お志津を起こさないように、そっと床を抜け出すと、そのまま井戸端に向かった。

ジャリ、ジャリッと足許で音がする。霜柱が立っているのだ。

あたりにはうっすらと朝靄が立ち込めていた。井戸水は手が凍るほど冷たかったが、顔を洗うとすっきりと目が覚め、頭が冴えてきた。

見あげる空には雲ひとつない霜月《しもつき》の空が広がっている。東のほうに夜明けをしめす薄日が感じられ、数羽の雁《かり》が空をわたっていった。

「お早いですね」

家に戻ると、お志津が声をかけてきた。竈《かまど》に薪をくべているところだった。

「起こしてしまったか」

「お疲れなのに……。もう少し休んでいらっしゃればよいのに」

「たっぷり寝たので、もう疲れは取れた」

菊之助は居間にあがると、火鉢に種火を入れて、火を熾《おこ》した。

「今日も秀蔵さんのお手伝いをなさるのですか」

顔を振り向けて聞くお志津の目が、心なしか厳しく見えた。

「……おそらくそうなるだろう。気を揉ませてすまぬが、わかってくれ」

お志津は黙って、竈に鉄瓶を置き、米を磨《と》ぎはじめた。

その後ろ姿が淋しそうだった。心配するがために、徒《いたずら》に言葉を吐けば、かえって菊之助を心苦しくさせることをわかっているのだ。

（……すまぬ）

菊之助は声に出さずに、謝るしかなかった。

「みどりさんね……」

背中を向けたまま、お志津がいう。

「明日からでも子供たちに教えるといってるわ」

「ほう、もうはじめるのか」

「忙しくしていたほうが余計なことを考えなくていいからと……。もともと根の明るい人のようですから、わたしもそうしたほうがいいと勧めたのです」

「それは賢明なことだろう」

菊之助はみどりの仇である平松宋九郎が捕まったことを伝えるべきかどうか迷ったが、結局は秀蔵の調べがはっきりしてからのほうがいいだろうと思いなおした。

次郎がやってきたのは、菊之助がお志津から茶を受け取ったときだった。

「昨夜の件を聞いてきましょうか？」

次郎は挨拶のあとでそういった。菊之助も秀蔵の調べが気になっていたので、そうしてくれと頼もうとした矢先に甚太郎がやってきた。

「いかがした？」

「へい、旦那が表でお待ちです」

菊之助はちらりとお志津を見た。

「気をつけて行ってきてください」

そういったお志津は、菊之助より早く立ちあがり燧石《ひうちいし》をつかむと、三和土《たたき》を下りた菊之助のそばに来て、

「わたしも忙しくしておりますから……」

そういって切り火を切ってくれた。

ちくりと、菊之助の心が痛んだ。

お志津にしてはめずらしい皮肉であったが、そうでもいわなければ気がすまなかったのだろう。

「今夜は遅くはならないはずだ」

菊之助の言葉を、お志津は黙って聞き、もの淋しげな表情を引き締めるように唇を結んだ。

長屋の表には五郎七を連れた秀蔵が待っていた。昇った朝日が、秀蔵の端整な顔を照らしている。やけにまぶしそうな目をしているのは、おそらく寝不足だからだろう。

「新五郎のほうはどうであった？」

菊之助はたしかめられなかったと、そのわけを話した。

「しかし、府中で聞いた話がほんとうなら、佐野屋にいなくても、江戸にはいるに違いない。とにかく佐野屋をあたるのが先だ。それで、平松の調べはすんだのか？」

菊之助は歩きだした秀蔵の横に並んだ。

「往生したが、ようやく観念した。あの野郎、とんでもねえことを企んでいやがった」

「…………」

「勝俣征志郎《かつまたせいしろう》という組頭《くみがしら》の屋敷に討ち入ろうとしていたのだ」

「討ち入り……」

「話を聞けば、気持ちはわからないでもないが、やつを押さえることができたのはなによりだった」

「いったいどういうわけで？」

「簡単にいえば組頭に対する恨みだ。……僻《ひが》み根性が高《こう》じてのことだともいえるが、これまでの扱いに対する不満が怒りと恨みに変わったのだろう」

捕縛されて自分の運はこれで尽きたと観念した宋九郎は、

――小普請組の御家人は、いつまでも役には就《つ》けぬ。今年がだめなら来年があると、自分を慰めて生きるしかない。だが、毎年そんなことの繰り返しだ。組頭はうまいことをいって無役の御家人たちに望みを持たせるが、ただそれだけのことで、上役に話もしない。貧乏なものはいつまでたっても貧乏だ。三一《さんぴん》侍と小馬鹿にされて一生を終える者がどれだけいることか――。

と、いって奥歯を軋《きし》らせたという。

宋九郎のいう小普請組支配組頭とは、無役の小普請組御家人たちの文字どおり世話をする掛《かかり》である。屋敷替えの世話と相談、諸願・諸届の取次などをするのだが、いわば〝就職〟の斡旋《あっせん》役という色合いが濃い。何より無役の者たちが一番願っているのが〝就職〟なのである。

つまりは、その無役の御家人たちを実質的に監督しているのが、小普請組組頭なのである。

組頭は家禄二百俵に役料三百俵が加算されるばかりでなく、早く職を得たい無役の者たちからの付け届けや袖の下を得る。

内職をしなければ暮らしの立たない御家人も、四苦八苦して金を工面して、付け届けをしたりするが、ほとんどその効果はない。ただのやり損の場合が多い。

しかしながら、組頭も付け届けをもらった手前、期待を持たせるようなことを耳許でささやくことがある。だが、それが実行されることは、百にひとつあればいいほうだろう。

——組頭の勝俣はうまいことをいうが、結局はなしのつぶてである。気を遣い、ない金をはたいたことがわかっているくせに、貧乏人をますます貧乏にするのが勝俣だった。あやつは無役の御家人を陰で嘲笑《あざわら》い、私腹を肥やす卑《いや》しい商人と同じだ。そんなやつを生かしておけば、いまも苦しめられ虐《しいた》げられている仲間たちが、ますますきつくなるばかりだ。だからおれは許せなかった。やつには死んでもらうしかなかったのだ。

「それじゃ、勝俣殿を殺すために、仲間を集めていたというわけか」

菊之助は吹きさらしの永代橋を渡りながら、横を歩く秀蔵を見た。日は高くなっており、江戸湊がきらきら輝いている。道具箱を担いだ職人や、棒手振たちとすれ違う。

「昨日、やつがいた家の戸川英三郎も三村市蔵も、宋九郎の考えに和した者だ。同じ辛酸《しんさん》を舐めてきた野口屋彦左衛門は、やつらの計略を助するために金を都合する役だ」

「絵師の鷗斎やみどりさんのご亭主・徳右衛門のことは……」

「徳右衛門殿は宋九郎から勝俣謀殺の話を受けて、断っていた。しかし、宋九郎は再びの説得を試みたが、やはり徳右衛門殿は首を縦に振らなかった」

——徳右衛門はわかってくれると思った。だが、やつは結局、断りやがった。おれはやつの口から秘密が漏れるのをおそれた。だから、そのときのために用意していた毒を飲ませた。

毒薬はやはり、野口屋が宋九郎に渡していたのだった。それは、鈴蘭《すずらん》から搾《しぼ》りだした毒薬で、酒といっしょに飲めば効果覿面《てきめん》らしい。

菊之助は脳裏に、昨夜会った野口屋彦左衛門の顔を思い浮かべた。

「絵師の鷗斎こと但馬重兵衛も、やはり宋九郎の相談を断ったから殺されたのだが、じかに断りを入れたのは鷗斎の妻、お栄だった」

——まさか、あの女房が断ってくるとは思ってもいないことだった。

そういった宋九郎はまったく算盤《そろばん》違いだったと言葉を足し、

——あの女房に計画を知られ、そして話を断られたとなっては、口を封じるしかなかったのだ。

と、唇を嚙みしめた。

「宋九郎の頭には、もはや見境のない復讐心しかなかったのだ。御家人株を売って浪人になったのも、そのためだったらしい」

「執念深い男というわけか」

つぶやいて応じる菊之助だが、宋九郎の気持ちも少なからずわかる気がした。しかし、自分の思いを遂げるために、仲のよかった友人を犠牲にしたことは許せる行為ではない。

「みどり殿に、宋九郎のことは……」

秀蔵が見てきた。菊之助はまだだと答えた。

「やつの死罪は間違いない。裁きが下りたら教えてやるべきだろう」

「……そうしよう」

「さて、新五郎の野郎はいるかな」

秀蔵は視線を遠くに投げた。

そこは深川の目抜き通りで、前方に一の鳥居が見えていた。

五

永代寺門前仲町は、江戸でも有数の岡場所として有名である。公許《こうきょ》を得ない悪《あく》所《しょ》であるが、幕府も町奉行所も大きな問題が起きない限り目をつむっている。

大商家に負けぬほどの壮麗な妓楼《ぎろう》もあるが、野火の新五郎が潜伏していると思われる佐野屋はこぢんまりとした、およそ女郎屋とは思えない普通の家であった。

佐野屋は表通りから二筋奥に入った狭い通りにあった。両側に立ち並んでいる家も、女郎屋と見ていい。

まだ、朝も早いので呼び込みの女や女郎の姿はない。もちろん客の姿もない。

夜露に濡れた木の葉から垂れるしずくが朝の光に輝き、ぽとりと地面にしみを作る。

屋根の上で雀《すずめ》たちが、チュンチュンと鳴いている。

当然、佐野屋の暖簾はさげられていない。

「おれが訪ねるのはまずい。菊之助、ここはおまえの出番だ」

秀蔵が佐野屋の前で振り返った。

「帳場に女が座っているはずだ。表に呼び出すんだ」

菊之助はうむと、うなずいてから佐野屋の戸を小さくたたいた。

コンコン……。すぐに返事はない。

佐野屋は「四つ明」だというのはわかっている。開店が昼四つ（午前十時）という意味である。

「佐野屋さん、まだ開けてくれないかい」

菊之助がひそめた声をかけると、気だるい返事があった。

「なんだい、まだだよ」

「近所の者です。ちょいと伺いたいことがあるんです」

研ぎ師となり市井で暮らすようになった菊之助の町人言葉は、堂に入っている。

「なんだい面倒くさいね、まったく……」

ぶつぶついう女の声が戸の向こうにあり、ガラリと戸が開けられた。とたん、女の目がギョッと見開かれる。お歯黒《はぐろ》を見せもする。

町方とひと目でわかる秀蔵に気づいたからである。

菊之助は女の手をつかんで表に引っ張り出すと、戸を閉めた。女といっても四十過ぎの大年増だ。

「ちょいと小耳に挟んだことがあるんだが、ここに野火の新五郎って男が来てねえか」

秀蔵が馴れ馴れしく女の肩に手を置いて聞く。

「新五郎さん……。いや、来てませんよ」

「嘘をいっちゃいけねえよ」

秀蔵は女を凝視する。

「嘘もなにも、もうずいぶん前に出ていっちまって、それから寄りつきもしませんよ」

「最近来たことは……」

「いいえ」

女はおどおどした顔で首を振る。

秀蔵は剃りたての顎をつるっと撫でて、

「新五郎と仲のいい女が店にいるな」

女の視線が泳ぐ。

「いるだろ」

「吉之助《きちのすけ》だったら客といっしょです」

まだ床のなかということである。吉之助とは女郎の源氏名《げんじな》である。俗に辰巳芸《たつみげい》者《しゃ》と呼ばれる深川芸者衆は、好んで男名を使っていた。女郎もそれにならっているのだ。

「叩き起こして連れてこい」

「そんなことしたら、客に迷惑……」

「おい、おれを誰だと思ってやがる。いわれたとおりにするんだ。早くしろ」

遮った秀蔵に気圧《けお》された女は、

「そ、それじゃ、ちょいとお待ちを……」

そういって店のなかに戻っていった。

その間、秀蔵は甚太郎と五郎七を店の裏にまわらせた。こういったところは抜け目がないし、捜査の定石《じようせき》である。

しばらくして、緋縮緬の襦袢《じゆばん》に萌葱《もえぎ》色の着物を引っかけただけの女が出てきた。着物はおそらく客のものと思われた。

「おまえが吉之助か……」

「へえ」

吉之助は化粧の落ちた、なまっちろい顔でうなずく。

「新五郎を知っているな。やつの居所を知らないか？」

「あの人は……」

吉之助は足許に視線を落とし、引っかけている着物をかき合わせた。

「どうした？」

「八王子に行って……」

「そりゃわかっている。隠したらためにならねえぜ。正直にいうんだ」

秀蔵はじっと吉之助をにらみ据える。その形相と眼光に、吉之助は耐えられないように視線を外し、

「あの人だったら……」

と、ふるえるような声を漏らして、口をつぐんだ。

「なんだ。おまえがしゃべったなどとはいわぬ」

「石塚《いしづか》さんのところだと思います。この店には来ていませんが、石塚さんが遊びに来たときに、わたしに耳打ちしたので……」

「石塚ってのは？」

「西喜楼《さいきろう》で用心棒をしている人です」

「西喜楼ってのはどこだ？」

「土橋《どばし》にある店です」

秀蔵はもう吉之助には用はないとばかりに、みんなを振り返った。

「あの、いまのことはわたしがいったとは……」

吉之助は新五郎に口止めでもされているらしく、すがるような怯え顔を秀蔵に向けた。

「心配するな。おまえにはなにも害は及ばぬ」

そういった秀蔵は、羽織をさっと翻して表通りに向かった。

土橋とは、永代寺門前東仲町にある岡場所である。

「今日中に新五郎は押さえる」

歩きながらいう秀蔵は、一段と表情を引き締め、

「場合によっちゃ、三宅《みやけ》を使うことになるかもしれねえが」

と、付け足す。

口にした男は、本所廻《ほんじょまわ》り同心の三宅雄二郎《ゆうじろう》という秀蔵の後輩である。

本来、本所・深川は秀蔵のような臨時廻り同心の担当区域ではない。基本的には本所方と呼ばれる本所廻り同心が掌握する地である。

しかし、新五郎が事件を起こしているのは、秀蔵の持ち回り区域である小網町だ。深川で捕り物をやっても咎められることはない。

一同は三十三間堂《さんじゅうさんげんどう》の門前を過ぎ、川沿いの道を進む。

静かな川面は冬の日を照り返している。

表店《おもてだな》の商家はすでに店を開けていたが、土橋は仲町と同じようにひっそりとしていた。日溜まりに寝そべっていた猫が大きなあくびをして、物々しくやってきた秀蔵たちを黙って見た。

どこが西喜楼であるか、ひと目ではわからない。女郎屋は看板など出していない。出ていたとしても、小さな掛札だ。暖簾も柿色か茶が多い。

「次郎の野郎、妙に気が利きやがる」

秀蔵が感心したように褒めるのは、次郎が自身番に西喜楼の場所を聞きに走ったからである。その次郎はすぐに戻ってきて、

「わかりました。この先です」

といって、「ひぃ、ふぅ、みぃ、よぅ」と数えて、四軒目の家の前で立ち止

まった。

「ここがそうか……」

秀蔵が暖簾も何もかかっていない戸口の前に立ち、

「菊の字、頼む」

と、菊之助を振り返る。

菊之助が戸を敲《たた》いて声をかけると、今度は女ではなく男が出てきた。秀蔵を見ても驚くふうでもなく、

「何かあったんでございますか？」

と、落ち着いたものいいをする。

「石塚という用心棒がいるな。やつの居所を知りてえ」

「あの人が何か……」

男は半纏を羽織りなおすように肩を動かして聞く。

「訊ねたいことがあるだけだ。ちなみに佐野屋に出入りしていた新五郎という男を知らねえか？」

「あの人だったら、石塚さんの家に居《い》候《そうろう》していますよ」

キラッと秀蔵の目が光った。

「案内するんだ」

六

西喜楼の用心棒・石塚梅之助《うめのすけ》の家は、大島川《おおしまがわ》に架かる蓬莱《ほうらい》橋を渡った深川佃《つくだ》町《ちょう》にあった。裏長屋であるが二階建ての造りだ。

路地で子供たちが走りまわっていた。

井戸端で長屋のおかみ連中が洗い物をしている。

長屋の奥は行き止まりだが、裏に細い猫道《ねこみち》がある。その向こうはまた別の長屋の建物だった。長屋の入口を塞げば、逃げられることはない。

新五郎はそれなりの腕を持っている男だというし、石塚も用心棒をやっているぐらいだから、用心をしなければならない。

菊之助は戸口の前に秀蔵と並んで立った。腰高障子には何も書かれていない。

秀蔵は鯉口を切るなり、戸を引き開けた。

「邪魔をするぜ」

居間にいた男が、ギョッとなって振り返った。石塚梅之助だった。寝間着姿で丸火鉢にあたって茶を飲んでいるところだった。新五郎の姿はない。

「なんだい、いきなり！」

石塚が怒鳴った。

「野火の新五郎がいるな」

秀蔵はそういうなり、二階にかけられている梯子《はしご》を見た。同時にバタバタと足音がして、表で声があがった。

「屋根です！」

次郎だった。

秀蔵が梯子に飛びつき上ってゆけば、菊之助は表に飛び出した。

抜き身の刀を手にした新五郎が、屋根の上で右往左往している。

「新五郎、下りてこい」

菊之助は刀の柄に手を添えたまま怒鳴った。

新五郎は進退窮《きわ》まった顔で、下の路地を見たり、隣の屋根を見たりしている。背後に秀蔵が来たことを知ったらしく、そのまま屋根を蹴ると、反対家の屋根に飛び移り、瓦を踏み割りながら、表に向かった。

菊之助たちは路地を走って追いかける。一挙に長屋が騒然となった。

井戸端のおかみ連中が呆気《あつけ》に取られた顔をしている。遊んでいた子供たちは棒を呑んだような顔で、突っ立っていた。

「表の道だ。逃がすな」

五郎七、次郎、甚太郎が表道にまわり、十手を構えた。

秀蔵は梯子を急いで下りると、邪魔をしようとした石塚を、

「手出ししたら、てめえも同罪として引っ捕らえる」

と、大喝《だいかつ》したものだから、石塚は刀を引きよせただけで地蔵のように固まった。

秀蔵は急いで石塚の家を飛び出し、路地を駆け抜ける。

新五郎は裸足のまま、屋根の上である。羽織っている着物に帯は締めておらず、紐で結んでいるだけだから、裾が大きく割れて乱れていた。

「下りてこい！　もう逃げられはせぬ」

秀蔵の呼びかけを無視して、新五郎は後戻りした。

バリバリと屋根瓦の割れる音がする。騒ぎに気づいた近所の者たちが、野次馬となって集まりはじめていた。

一度、後戻りした新五郎だったが、また表道に向かって屋根を駆けると、木戸番小屋の屋根に飛び移り、そのまま通りに着地した。

次郎たちが一斉に取り押さえようと近づいたが、新五郎はさっと刀を横に振って、

「寄るんじゃねえ！」

と、つばをまき散らして、近づこうとする五郎七に斬りかかった。

五郎七がとっさに後ろにさがると、次郎が横から十手で殴りかかった。

ガチン――。

十手が撥ね返され、次郎がのけぞった。

そこへ、鋭い斬撃が襲いかかった。

「あわ……」

次郎は顔を恐怖に引きつらせて尻餅をついたが、それを庇うように菊之助が前に立ちはだかり、新五郎とにらみ合った。

しかし、それはほんの一瞬のことで、新五郎はまたもや刀を振りまわして、逃げはじめた。通りを塞ぐように立っていた野次馬が二つにわかれる。

菊之助があとを追う。秀蔵が遅れてついてくる。

逃げる新五郎は茶店の縁台を蹴散らし、天水桶の手桶を払いのけ、やってきた大八車の後ろにまわった。

菊之助と秀蔵が挟み打ちにしようと、大八車をまわりこむ。

「来るんじゃねえ」

わめく新五郎の着物は乱れきっており、胸がはだけていた。

「往生際《おうじょうぎわ》の悪い野郎だ。てめえが、竹屋の夫婦と娘を殺し、金六十両を盗んでいるのはわかってるんだ。もうどこへも逃げられはしねえ」

秀蔵がゆっくり近づきながら諭す。

新五郎は激しく肩を動かし、荒い呼吸《いき》をしていた。

「刀を引くんだ」

秀蔵がそういって近づいた瞬間だった。

新五郎が体を擲《なげう》つようにして、前に跳び、刀を横に振り斬った。秀蔵の片袖が斬られていた。わずかな隙をつかれた秀蔵が、とっさに下がろうとしたところへ、またもや新五郎の刀がすくいあげられた。

「うっ……」

体勢を崩していた秀蔵が片膝をついた。太腿を斬られたのだ。

そこへ菊之助が跳んでいって、新五郎の刀をすりあげた。

新五郎は二間ほど後ろにさがり、大きく股を開いて構えなおしたが、くるっと背を向けて、またもや逃げはじめた。

「秀蔵」

菊之助は刀を杖代わりに立とうとしていた秀蔵を振り返った。

「かすり傷だ。たいしたことはねえ。追うんだ」

菊之助はすぐに新五郎を追いかけた。騒ぎを知らない娘が、脇の路地から出てきて新五郎とぶつかり、悲鳴をあげて転んだ。

新五郎はその娘の腕をつかんで立ちあがらせると、刀を首にまわして、

「来るんじゃねえ。来たらこの女を殺す」

と、口の端にあぶくのようなつばきを溜めてわめいた。

娘は蒼白な顔で怯えていた。唇をわなわな震わせている。

「その娘を放すんだ」

菊之助は間合いを詰める。

新五郎は娘を連れたまま後じさった。

そこは永居《なが い》橋のたもとにある夷之宮《えびす の みや》の前だった。

「寄るな、寄るんじゃねえ」

赤く目を血走らせた新五郎は、つばを飛ばしてわめく。捕まえられている娘は

もう半分泣き顔である。

新五郎の背後に次郎と五郎七がまわりこんだ。

菊之助のそばに、足を引きずって秀蔵が立った。

「女を放せ」

秀蔵がいった瞬間、新五郎は娘を突き飛ばした。近づこうとしていた五郎七に娘がぶつかり、いっしょになって倒れた。

すかさず新五郎は逃げたが、その背中に菊之助が一太刀浴びせた。

はらっと、着物が二つに割れた。すると、新五郎の背中に蟷螂《かまきり》の刺青《ほりもの》がのぞいた。

新五郎は褌《ふんどし》一枚の裸同然の姿になっていた。

「くそっ」

いきりたった新五郎は、ぐっと腰を落とし、八相《はっそう》に構え、間合いを詰めてくる菊之助を凝視する。

菊之助は焦らなかった。相手は息があがっている。追いつめられている新五郎は冷静さを失ってもいる。

「手出し無用だ。下がっておれ」

菊之助は近づいてきた次郎と甚太郎に注意を与えた。その直後、大きく前に跳んで、刀を横に薙ぎ払った。

新五郎は身をひねってかろうじてかわしたが、片手を地面につく恰好になっていた。その隙を菊之助は見逃さず、頭上にあげた愛刀をくるっとまわして、棟を返すなり、新五郎の右肩にたたきつけた。

「うぐっ……」

新五郎は腕が痺れたらしく、刀をこぼした。素早くつかみなおそうとしたが、菊之助が新五郎の刀を踏みつけて、喉元に切っ先を突きつけた。

ハッと、新五郎の顔が強ばった。汗のにじんだ体から湯気が出ている。

「ここまでだ、新五郎。おとなしく縛《ばく》につくんだ」

菊之助がいうと、五郎七と甚太郎が新五郎の両腕をひねりあげた。

「くそ、手を焼かせやがって」

秀蔵が新五郎の前に立った。傷はたいしたことはなさそうだ。

捕縛された野火の新五郎こと宮野新五郎と、平松宋九郎に裁きが下りるのは早かった。

どちらも市中引き回しの上、磔《はりつけ》とされた。

新五郎は裁きの下りた翌日に、刑が執行された。

平松宋九郎は、小普請組支配組頭・勝俣征志郎殺害を共同で謀《はか》った小普請組の御家人らの裁きが下されたあとで刑の執行となった。

宋九郎と共謀していたのは、戸川英三郎、三村市蔵ほか現役の小普請組の御家人二名、そして背後から支援していた野口屋彦左衛門の計五名だった。

その五名には、遠島刑が申し渡された。

七

菊之助の仕事場に、ふらりと秀蔵が現れたのは、ぽかぽかと陽気のよい午後だった。供には甚太郎がついていた。

秀蔵は上がり框に腰をおろし、手焙りの上で手をこすりあわせて、

「菊の字、此度《こたび》はお手柄だった。おれもずいぶん鼻が高かった。それもこれもお

まえが助をしてくれたおかげだ。礼をいう」

と、小さく頭をさげた。

「おまえらしくもなく、あらたまることはない。それで、宋九郎の刑は決まったのか？」

「それを伝えに来たのだ。間もなくやつは牢を出る」

「そうか……」

菊之助は研ぎ終えた包丁を、丹念に晒にくるんで、脇に置いた。

「みどり殿には知らせてあるのか？」

「いや、まだ何もいっておらぬ」

「教えてやったらどうだ。仇のみじめな最期の姿だ」

「……うむ」

菊之助もいつまでも宋九郎のことを黙っているわけにはいかなかった。いつかはどうなったか伝えなければならなかった。

「おまえはどうするのだ？　おまえが捕まえた男だ」

菊之助は秀蔵を見た。

「まあ、形はそうだが、じつはそうでもねえ。それにおれは見廻りがある。罪人を見物して悪党を捕まえられるならそうするが、そんなことはねえからな。それからこれを……」

秀蔵は懐紙で包んだ金を差しだした。

「少ないが、御奉行からも褒美《ほうび》が出たので遠慮しなくていい」

「遠慮などするか」

菊之助は素直に金包みを手に取り、懐に押し込んだ。

「次郎には二日ばかり暇をやった。何かうまいものでも食わせてやってくれ。やつもなかなかツボを心得てきて感心しているところだ」

「おまえから褒めてやればいいのだ」

「馬鹿いえ。やつはすぐのぼせるから黙っていたほうがいい」

なるほど、秀蔵はおれにいわせる気だなと、菊之助は悟った。見た目と違い、秀蔵は案外照れ屋なのだ。

「では、まただ。たまにはおまえの酒に付き合ってもいいが、それも今度だ」

秀蔵は立ちあがると、甚太郎に行くぞといって、あとは振り返りもせずに仕事場を出ていった。

それを見送った菊之助は前垂れを外して、表に出た。偶然、次郎が自分の家から出てきたところだった。

「菊さん、いま横山の旦那が来ていませんでしたか？」

「見廻りに出かけた。それより、付き合ってくれるか。どうせ今日は暇な身だろう。秀蔵にそう聞いたばかりだ」

「へえ、いいですが、どこへ？」

「宋九郎が引き回される。それを見に行くだけだ」

「今日だったんですか」

「そう決まったようだ。ついてきてくれ」

菊之助は一度家に戻ると、宋九郎の件をお志津に伝えて、みどりの家を訪ねた。説明するのはお志津である。

表で待っていると、みどりが出てきた。

「わざわざ、教えていただきありがとうございます」

みどりは丁寧に頭を下げた。

「それで、どうします？　見に行きますか？」

菊之助の問いに、みどりは少し迷ったようだが、

「いっしょに行っていただけるなら……」

と、遠慮ぎみの返事をした。

「もちろん、ごいっしょしますよ。ならば、早速まいりましょう」

菊之助を先頭に、みんなして長屋を出たところで、ばったり澤田と出くわした。

「これからまいられるのですか？」

澤田も宋九郎のことを知っていたようだ。おそらくみどりに告げに来たのだろう。

「仇ですからな」

菊之助が応じると、それじゃいっしょに行くと澤田も見物に加わることになった。

引き回しの経路は決まっている。伝馬町《てんまちょう》の牢屋敷を出た罪人は、まず日本橋に向かい、それから順次、江戸城の外堀に沿ってめぐり、刑場が決まっている場合は、小塚原《こづかつぱら》や鈴ケ森《すずがもり》などの刑場に向かう。

菊之助たちは宋九郎が日本橋に向かう前に通る、江戸橋の北詰めで足を止めた。町はいつもと変わった様子はなかったが、それでも罪人が来ることを耳聡《みみざと》く知った者たちが十数人集まっていた。

日は高く昇っており、鳶《とび》が気持ちよさそうに飛んでいた。

菊之助はときどきみどりを見た。彼女はきりっと唇を引き結んだままで、いつもより口数が少なかった。ときどき、お志津の思いやりのある言葉にうなずく程度だ。

やがて、馬に乗せられた宋九郎の姿が小舟町の河岸道に現れた。

膝切りの粗末な着物を着た先導役の男二人が、罪状の書かれた捨て札を持ち、その背後に槍持ちの男たちがいて、縄で縛られた宋九郎の馬がつづく。

まわりには検死役の町奉行所の与力と同心がついている。

カポ、カポと蹄《ひづめ》の音が近づいてきて、宋九郎の姿が大きくなった。無精ひげで、目はうつろであった。

みどりは馬上の宋九郎を、キッとした目でにらむように見ていたが、すぐに視線を外し、ずっと遠くの空を眺めた。

やがて、宋九郎が目の前を通りすぎ、江戸橋を渡っていった。

「帰りましょう」

みどりのつぶやきに、全員が振り返った。

「もうよいので……」

聞いたのは澤田だった。

「もう、わたしには終わったことです。大事なのはこれからですから……」

みどりはそういって、とぼとぼと歩きだした。

菊之助たちは互いの顔を見合わせたが、すぐにみどりを追うように歩きはじめた。すると、みどりがくるっと振り返って立ち止まった。

「もう、すんだことですから……。みなさん、気にしないでください。わたしは、しっかり生きます」

気丈にいったみどりは、少し泣きそうな顔をしたが、気持ちを崩さないように努めたのか、人を安心させるような笑みを浮かべて見せた。

「そうよ。しっかり生きることが大切ですからね」

お志津がそういって、みどりに近づき、二人並んで歩きはじめた。その後ろ姿は、まるで姉妹のように見えた。

「荒金さん、お世話になりました」

澤田が頭を下げて、言葉を足した。

「わたしは余計なことをしたのではないかと、気が咎めていたのですが、みどりさんのいまの姿を見て安心いたしました」

「たしかにそうですな。あの人ならきっと大丈夫でしょう」

菊之助は安堵の笑みを浮かべて応じた。

照降町《てりふりちょう》を抜け、親父橋《おやじばし》にさしかかったところで、

「菊さん」

と、次郎が立ち止まった。

「なんだ？」

「おいら、菊さんに謝らなきゃなりません」

「何をだ？」

「府中で見苦しいことをしちまいました。申しわけありませんでした」

「もうすんだことだ。いまごろ頭下げてどうする」

「でもおいら、ずっと気になっていたんです。菊さんに嫌われちまったんじゃないか。菊さんに見放されちまったんじゃないかって……」

「そんなことはない。おまえのことを秀蔵が褒めていたぞ。なかなか機転の利く、いい男になったと」

いつも生意気そうな次郎の顔が、いまにも崩れそうになっていた。目の縁を赤くさせてもいる。

「めったに怒らない菊さんに叱られて、おいらはもう……」

次郎の目に涙が盛りあがった。

「なんだなんだ。どうした」

菊之助は次郎の肩をたたいてやった。

「おいら、おいら、菊さんのこと大好きだから……だから、もっと叱ってください」

「間違いをしたらどんどん叱ってやる。ほら、みっともないから……」

菊之助は手拭いを次郎に渡した。それから遠くの空を眺めた。

「次郎、それにしてもよい天気だな」

「へえ」

次郎はグスッと洟をすすった。

「今夜は何かうまいものでも馳走《ちそう》してやる。メソメソするんじゃない。ほら笑わないか」

いわれた次郎は唇を結んだまま、嬉しそうに笑った。

「それでいい。それにしても、もう今年も残り少なくなったたな」

独り言のようにいった菊之助は、もう一度空を眺めた。

霜月の空はどこまでも青く澄みわたっていた。

ふと、背後から威勢のいい声が近づいてきた。

「ごめんよ、ごめんよ。おっと、そこの道を開けておくんなさい」

そういって駆け抜けていったのは、豆絞りの手拭いで捻《ねじ》り鉢巻きをして、天秤棒を担いだ魚屋の棒手振だった。

魚屋はそのまま前を歩く、お志津とみどりを追い越して、近くの路地に飛び込んで見えなくなった。

（完）

二〇一一年一月　光文社文庫刊

光文社文庫

長編時代小説

故《さ》郷《と》がえり　研《と》ぎ師《し》人情《にんじょう》始《し》末《まつ》(十五)　決定版

著者　稲《いな》葉《ば》　稔《みのる》

2022年2月20日　初版1刷発行

発行者　鈴木広和
印刷　堀内印刷
製本　フォーネット社

発行所　株式会社　光文社
〒112-8011　東京都文京区音羽1-16-6
電話（03）5395-8149　編集部
8116　書籍販売部
8125　業務部

ISBN978-4-334-79313-5　Printed in Japan

組版　萩原印刷

稲葉 稔
「研ぎ師人情始末」決定版

人に甘く、悪に厳しい人情研ぎ師・荒金菊之助は
今日も人助けに大忙し――人気作家の〝原点〟シリーズ!

(一)裏店《うらだな》とんぼ★
(二)糸切れ凧《だこ》★
(三)うろこ雲★
(四)うらぶれ侍★
(五)兄妹《きょうだい》氷雨《ひさめ》★
(六)迷い鳥★
(七)おしどり夫婦★
(八)恋わずらい★
(九)江戸橋慕情★
(十)親子の絆★
(十一)濡れぎぬ★
(十二)こおろぎ橋★
(十三)父の形見★
(十四)縁むすび★
(十五)故郷《さと》がえり★

★は既刊